Magia

práctica

para la

prosperidad

D1738843

Magia
práctica
para la
prosperidad

Creando éxito y abundancia

Ellen Dugan

Grupo Editorial Tomo, S. A. de C. V.
Nicolás San Juan 1043
03100, México, D. F.

1a. edición, octubre 2014.

Traducción de:
Practical Prosperity Magick: Crafting Success & Abundance
Copyright © 2014 por Ellen Dugan
Publicado por Llewellyn Publications
Woodbury, MN 55125-2989, U. S. A.
www.llewellyn.com

©   2014, Grupo Editorial Tomo, S. A. de C. V.
Nicolás San Juan 1043, Col. Del Valle
03100 México, D. F.
Tels. 5575-6615, 5575-8701 y 5575-0186
Fax. 5575-6695
www.grupotomo.com.mx
ISBN-13: 978-607-415-681-2
Miembro de la Cámara Nacional
de la Industria Editorial No 2961

Traducción: Lorena Hidalgo Zebadúa
Diseño de portada: Karla Silva
Formación tipográfica: Armando Hernández
Supervisor de producción: Leonardo Figueroa

Contenido

Opiniones sobre Ellen Dugan

The Enchanted Cat
GANADOR DEL PREMIO COVR 2007
Mejor libro de magia/Categoría chamanismo

Cottage Witchery
"Este es el libro perfecto que debes tener a la mano si quieres hacer que todas las áreas de tu casa sean mágicas". —*New Witch*

Herb Magic for Beginners
"Un librito maravilloso". —*Herb Quarterly*

Garden Witch's Herbal
"Un cambio refrescante de otros libros sobre horticultura... no solo entretiene, también te informa". —*New Age Retailer*

Elements of Witchcraft
"El tono de mujer sabia y su suave guía (de Dugan) ayudará a las brujas incipientes naturales, y su texto bien escrito también guiará a las novicias en sus descubrimientos". —*School Library Journal*

Natural Witchery

Sobre la autora

Ellen Dugan es psíquica y clarividente, además de ser una autora que ha ganado premios y ha sido bruja practicante durante más de 30 años. Es suma sacerdotisa de un aquelarre de tradición de magia mixta. Es hortelana y practica su arte en Misuri, en donde vive con su familia. También se le conoce con el nombre de la Bruja Hortelana; es autora de muchos libros de Llewellyn, como *Garden Witchery, Cottage Witchery, Natural Witchery* y *Garden Witch's Herbal*. Ellen además es académica experimentada en diferentes temas, como tarot, psicometría, brujería y jardines encantados.

Reconocimientos

ESCRIBIR UN LIBRO es como aventurarse a hacer un viaje. Crees que sabes hacia dónde te llevará y qué esperar de él, pero, muchas veces, la realidad es muy diferente a lo que te imaginaste. El viaje puede hacer que te sientas frustrado aunque también es una oportunidad de tener sorpresas maravillosas y lecciones personales.

Quiero agradecer a los amigos que amablemente compartieron información y me ofrecieron ayuda cuando me encontraba en este viaje en particular: Charlynn, Chris, Christopher, Clyde, Dawn, Ember, Ethan, Heather, Jeanne, Jennifer M., Robbie, Sarah y Tess.

Gracias también a mi entrenador, Aaron, un joven de voz suave que me retaba mientras sonreía y que me ha enseñado que es posible alcanzar el éxito en todas las áreas de tu vida —incluyendo la actividad física. Lo único que tienes que hacer es estar dispuesto a sudar y a trabajar mucho.

Unas palabras de agradecimiento a mi editora, Rebecca Zins, y al equipo de Llewellyn: Elysia Gallo, Bill Krause y Carl y Sandra Weschcke.

Por último, con amor a mi esposo, Ken, y a nuestros tres hijos, Kraig, Kyle y Erin. Gracias por apoyarme siempre y, sobre todo, por creer que puedo hacer cualquier cosa que me proponga. ¡Los amo!

Reír mucho y muy a menudo; ganarse
el respeto de la gente inteligente y el
cariño de los niños; hacer que el
mundo sea un lugar mejor; saber que
por lo menos una vida ha respirado
con facilidad gracias a que viviste.
Esto es haber sido exitoso.

RALPH WALDO EMERSON

Introducción

La prosperidad comienza en la mente y depende solo
del uso pleno de nuestra imaginación creativa.

Ruth Ross

¿Cómo es que se hizo realidad este libro práctico sobre magia para la prosperidad? Bueno, la historia comenzó hace unos años con una bruja frustrada y enojada que salió de su casa para darse un descanso e ir a ver las decoraciones para *Halloween*. Además, estaba molesta por otro retraso en un proyecto que estaba escribiendo y, para tratar de conservar lo poco que me quedaba de cordura, decidí que necesitaba un cambio de ambiente. Era principios de septiembre y sabía que las tiendas estarían repletas de decoraciones divertidas. Pensando en el siguiente festejo gótico de *Halloween* de mi familia fui a la tienda a ver los objetos para la temporada —nada más para verlos y alegrarme un poco.

Ese año en especial había sido económicamente difícil para mi familia. Mi esposo había estado sin trabajo durante seis meses y los ahorros que había guardado para pagar impuestos se habían ido como agua para pagar cosas como la hipoteca, el seguro de salud, la letra del coche y comida. Unos meses antes, mi esposo por fin había encontrado un trabajo con buenos beneficios, pero (al igual que tantas otras personas en este sistema económico) había tenido que aceptar una reducción en el sueldo. La situación económica en la casa era más que estrecha y yo había empezado a pensar en que quizá debería salir a buscar un empleo temporal de medio tiempo cuando terminara mi libro, a finales de octubre.

Con una agenda llena de compromisos que me obligaban a viajar a otros estados, me costaba trabajo pensar que encontraría un posible jefe dispuesto a mantener a una empleada que no podía trabajar casi ningún fin de semana. Además, llevaba siete años escribiendo tiempo completo y es un poquito difícil encontrar empleo cuando has estado fuera de la fuerza laboral durante largas temporadas —y también estaba el asunto de que era una "autora conocida que también es bruja".

Decidí que lo mejor que podía hacer era hacer promoción de mis clases en línea. Unos cuantos meses antes había empezado una pequeña tienda por internet para vender nuestros pentáculos y la joyería hechos a mano. Habían funcionado bien. Recuerdo que ese día de septiembre hice la silla del escritorio hacia atrás y decidí que, puesto que era martes y habría luna creciente, era un momento excelente para hacer un conjuro rapidito para la prosperidad. Sabía que mi esposo estaría de acuerdo, así que también lo incluí.

Pensé en que el conjuro haría que aumentaran las ventas de las clases en línea, que nos hicieran más pedidos al por mayor de los pentáculos y que quizá la magia haría también que le dieran un aumento de sueldo a mi esposo. Fui rápido al jardín a recoger las hierbas necesarias, junté todo mi material y empecé a componer un conjuro en mi cabeza. Preparé una vela de siete días con los cuarzos y las hierbas frescas correspondientes. Puse un recibo de nómina reciente de mi esposo, uno de nuestros pentáculos hechos a mano y la transcripción de un texto de la clase, y me preparé para hacer el conjuro.

Debido a que estaba preocupada por nuestra situación económica e impaciente porque el conjuro se pusiera en marcha, hice la magia de inmediato. Recuerdo perfecto que dije: "Estoy dispuesta a trabajar por el dinero, Diosa —lo que sea necesario para mejorar la situación económica y que saldemos estas deudas".

Terminé el conjuro y limpié. Guardé las piedras, los cuarzos y después el candelero dentro de mi gran caldero de hierro fundido —en donde la vela podría arder sin problema durante los siguientes siete días— y me di palmaditas en la espalda.

¿Ves? Así de simple, rápido y fácil. Ya estaba hecho, era el momento de ir a curiosear al centro comercial.

Cuando iba en el coche de camino a las tiendas, Tess, una amiga que es escritora, me llamó por teléfono. Platicamos sobre energía y magia y le conté que me sentía un poco atorada desde hacía unos meses. Estaba llegando al estacionamiento cuando me preguntó cómo iba el proyecto en el que estaba retrasada, y me desahogué.

Bendita, Tess, me escuchó quejarme sobre el retraso y todo el drama, y tranquilamente me dijo que sentía que era preciso un cambio total de escenario. Me reí mientras bajaba del coche. Jalando mi bolso y hablando por el celular, le aseguré que con el *Samhain* a la vuelta de la esquina, estaba pensando en cambiar a un escenario más gótico y más dramático.

Entré a la tienda y me dirigí a la sección de decoraciones de *Halloween*, mientras disfrutaba de mi plática con Tess y veía los artículos en exhibición. Me sugirió que comenzara un proyecto para un libro nuevo —algo diferente— pero no le presté mucha atención, ya que tenía suficientes cosas entre las manos. (Debería haberle hecho caso. Esa Tess es una mujer sabia.) Sin embargo me puso de buenas y me hizo reírme de mí misma. Me sentí mucho más ligera después de hablar con ella.

Guardé el teléfono y, ya con mejor humor, encontré un letrero muy chistoso que decía: "Bruja y famosa" que estaba a mitad de precio. Era tan sarcástico y mono que pensé que sería divertido tenerlo todo el año colgado en mi oficina. Lo agarré y fui hacia la caja. En el camino me encontré a una amiga de mi hija.

"¡Hola, Ellen!" dijo mientras aparecía en la esquina del pasillo. Conozco a Amelia desde que iba en primaria con mi hija, Erin. Preferí no pensar en todos los años que eso me sumaba.

"¡Hola!" le di un abrazo y me acordé de que Amelia, recién graduada de la universidad, era una de las gerentes de la tienda.

"Te oí hablando por teléfono", me dijo y me cerró el ojo.

Ay, demonios. *Estuve* hablando en voz baja. No, en serio —sí puedo hablar en voz baja.

Me pregunté si alguien me habría escuchado hablando sobre cosas de brujas y se habría sacado de onda. No, parece que Amelia me había seguido un ratito por la tienda porque quería saludarme, pero esperó a que terminara de hablar.

"¿Sigues siendo diseñadora floral?" preguntó Amelia.

Confundida por la pregunta, le contesté, "Bueno, sí. Siempre seré diseñadora floral. ¿Por?"

Amelia me contó que la tienda necesitaba una diseñadora urgentemente. La que tenían entonces iba a estar de baja por maternidad a mediados de noviembre y solo iría a trabajar medio tiempo. A todos los gerentes de la tienda les habían pedido que buscaran un reemplazo temporal, así que, cuando Amelia me vio, se me abalanzó.

Le expliqué sobre los días que estaría fuera de la ciudad en octubre. Amelia me aseguró que no había problema porque la otra diseñadora se iba a mediados de noviembre. Traté de decirle que creía que no era buena idea... Me dijo que llenara una solicitud en línea y que la llamara para avisarle que ya estaba en el sistema de la tienda.

Amelia me hizo grabar su número celular en mi teléfono, me fui de la tienda y lo pensé. Reemplazar a otra mujer que iba a estar de baja por maternidad me puso un poquito nerviosa, pero pensé que el trabajo sería temporal. No quería trabajar tiempo completo teniendo tantos proyectos de libros en marcha, pero pensé que si lo hacía desde finales de noviembre y en diciembre, mientras la otra diseñadora estaría de baja, serían como 40 horas a la semana.

Cuando regresé a mi casa, lo primero que vi fue el montón de recibos en el buzón. Se me hundió el estómago. Después vi a mi gata calicó, Brianna, sentada en la chimenea de ladrillos cerca del caldero. Vi el destello de la vela del conjuro y, sobresaltada, escuché mi voz que repetía el conjuro que había hecho apenas una hora antes: "Diosa, estoy dispuesta a *trabajar* por el dinero..."

Tuve que reírme de mí misma.

Qué diablos, decidí. Entonces me metí a internet, llené la solicitud y la envié. No perdía nada con probar. Me dije que no tenía que aceptar el trabajo. De hecho, ni siquiera le dije nada a mi esposo.

Como le había prometido, llamé a Amelia y le dije que ya había llenado la solicitud. Se puso contenta y me dijo que en los siguientes días me llamarían para una entrevista. Híjole. Tartamudeé y, por primera vez, me quedé sin palabras.

Dos días después fui a la entrevista. Le expliqué las fechas programadas a la directora general y le conté qué tipo de libros escribo. (Pensé que era la mejor manera de poner las cartas sobre la mesa, por así decirlo.) La directora hizo caso omiso y me aseguró que el trabajo sería de tres días a la semana mientras la otra diseñadora se fuera por maternidad, a mediados de noviembre. Me prometió que iba a ser un trabajo de medio tiempo. Me pidió que regresara y que hiciera algunos arreglos florales para que viera mi destreza como diseñadora.

Así que fui, conocí a la otra diseñadora e hice unos cuantos arreglos. Imprimí los días de septiembre y octubre en los que no podría trabajar y se los di a la directora para que los archivara. Pensé que con eso se terminaría el trato, pero unos días después me ofrecieron el puesto y con un sueldo mucho mejor del que me había imaginado. Me informaron que podrían arreglárselas durante los días en que yo estuviera fuera. No había problema. Ah, y, por cierto, ¿podría empezar esa semana? Querían que trabajara junto con la otra diseñadora durante unos meses antes de que se fuera de baja para ayudarles a prepararse para la enorme cantidad de arreglos de temporada que necesitarían.

Con orgullo me felicité por mi pericia para hacer conjuros. Un conjuro simple y rápido y sin esperar resultados. ¡Zas! Menos de una hora después de haberlo hecho y se me presenta una oferta de trabajo... y una semana después ya estaba trabajando.

Este asunto de la magia para la prosperidad fue tan fácil...

La bruja vuelve al trabajo

*Por favor, no olvides que las dificultades
no te definen, simplemente fortalecen
tu capacidad para sobreponerte.*

MAYA ANGELOU

El primer mes fue como un torbellino y muy pronto estaba trabajando cinco días a la semana, cosa que no me tenía muy feliz porque la directora me dijo que serían solo tres. Fue todo un reto trabajar con la otra diseñadora y la atmósfera era incómoda. La pobrecita no tenía sentido del humor. A veces me daban ganas de tomarle el pulso... Se comportaba como si fuera una diva y, para mis adentros, pensaba que era la princesa embarazada. Sin duda la gerencia la trataba como si lo fuera.

A mediados de octubre me di cuenta, tristemente, de que el trabajo era un asco. Admito que no tengo paciencia para las cuestiones políticas de oficina. Solo quería un empleo de medio tiempo, hacer mis labores, e irme a mi casa. Casi todas las empleadas eran mujeres y la tienda era un desagradable hervidero de chismes, políticas de oficina, competencia y dramas diarios. Me hice de la vista gorda lo más que pude y me pregunté en qué diablos me había metido. ¿Era posible que el conjuro me hubiera salido mal?

Comencé a tener sueños recurrentes en los que a la princesa se le adelantaba el parto. Yo no suelo tener sueños así, y menos sobre personas que no conozco bien, entonces les puse atención. Cuando el mes de octubre se acercaba, le dije a la princesa que yo pensaba que no llegaría a mediados de noviembre, que era la fecha del parto. Ese bebé llegaría pronto, o sea, antes de *Halloween*.

Me sonrió con altivez, me dijo que estaba padre que yo *pensara* que era psíquica y todo eso, pero nada más. Se rio de eso en la gerencia y soporté toda una semana de bromas y burlas sobre la "bruja" del trabajo. Poco después resultó que yo tenía razón. El bebé nació una semana antes de *Halloween* y más de tres semanas antes de la fecha de parto. Nadie del trabajo me dirigió la palabra durante días. Cuchicheaban mucho y la gente me analizaba de lejos... Quizá haya tenido que ver que yo estaba en lo cierto, o con que me frotaba las manos y me carcajeaba de vez en cuando.

Hay gente que nada más no tiene sentido del humor.

La gerente general, ahora que la princesa estaba de baja por maternidad, se quitó la máscara de buena gente y no tardé en darme cuenta de por qué todos los adolescentes y los universitarios que trabajaban en la tienda tenían una actitud cautelosa hacia ella. Una horrible mañana, después de tener a la gerente todo el tiempo encima, pensé que nadie en su sano juicio querría trabajar en esa tienda. La atmósfera era tóxica y deseé que simplemente se fuera, que me dejara en paz y que me permitiera hacer mi trabajo tranquila. Incluso le di un pequeño empujoncito energético para que así fuera.

Diantres. Yo *sé* que eso no se hace.

Con el estrés de los proyectos del libro y trabajando más horas de lo que había planeado, no pensé, solo reaccioné. Y creo que los dioses estaban escuchando porque, al día siguiente, con lágrimas en los ojos la gerente anunció que tenía que irse de baja por razones médicas durante seis semanas, por lo menos, y que se iba una semana antes del Día de Acción de Gracias.

Me sentí súper aliviada. Siempre es terrible trabajar en el comercio minorista durante las fiestas, pero trabajar con esa gerente encima de mí todo el tiempo hubiera sido insoportable. También me di cuenta de inmediato que debería haber tenido más cuidado con mis deseos y mis empujones energéticos, pero ya no podía hacer nada.

Por el lado amable, la atmósfera en el trabajo era mucho mejor con la ausencia de la gerente. Había empezado a recibir el pago por todas las horas extra que estaba haciendo y lo juntaba con mis ahorros. Quizá el conjuro de dinero que había hecho sí estaba funcionando. En efecto, había flujo de efectivo...

Unos días más tarde nos asignaron a un gerente suplente que venía de otra tienda, y me llevé muy bien con él. Elaboré de manera automática cientos de diseños florales de temporada y me enseñé a disfrutar el ser creativa de otra manera que no fueran las flores de seda. Era algo ajetreado, caótico y de locos. Me había poseído y yo estaba como en automático: me levantaba, iba a trabajar, me rompía el lomo, lidiaba con los dramas de la tienda o los evitaba, era amable con los enloquecidos clientes de la temporada, regresaba a mi casa, me tallaba para quitarme la brillantina y va de nuevo.

Cuando llegó el momento en que el gerente sustituto tenía que regresar a su tienda, me dio un abrazo y su número de celular, y me dijo que le encantaría que trabajara en el departamento floral de su tienda. Cuando nuestra gerente volvió a la tienda, en enero, después de su baja por razones médicas, entró como alma que lleva el diablo, se detuvo y volteó a verme con ojos de pistola. Decir que se portaba hostil conmigo a su regreso hubiera sido quedarme corta. Hola, karma. *Nota para mí misma: cuidado con esos deseos y empujoncitos de energía, Ellen.*

El ambiente en la tienda cayó en picada. Nadie estaba a gusto con el regreso de nuestra gerente. Muchas gracias por mi destreza para hacer conjuros... Había encontrado un trabajo y llevado a casa una buena cantidad de dinero pero, obviamente, algo hice mal porque fui totalmente infeliz durante los cinco meses que trabajé en ese lugar.

Convirtiendo los errores en éxitos

*Das el primer paso hacia el éxito cuando
te niegas a ser prisionero del ambiente en
el que te encuentras al principio.*

MARK CAINE

Entregué mi renuncia dentro de las dos semanas siguientes al regreso de la gerente cascarrabias. ¡Qué alivio! Necesité unos tres días y mucha limpieza energética para volver a sentirme yo misma. No dejé de hacerlo, me quité la negatividad que me dejó ese trabajo igual que alguna vez me quité la brillantina.

Aún así, esa experiencia tuvo un lado amable. Había mejorado mis habilidades como diseñadora floral y podía aprovecharlo si alguna vez necesitara otro trabajo temporal. También me había puesto al corriente con las deudas y me las arreglé para ahorrar el dinero suficiente para que mi esposo y yo fuéramos a Florida a pasar unos días en la playa a celebrar nuestro trigésimo aniversario de bodas. ¡Bien!

También debo admitir que trabajar en esa tienda de locos llena de dramas me dio mucho qué pensar en cuanto a la magia para la prosperidad y en cómo se manifiesta realmente. Esos cinco terribles meses me dieron mucho tiempo para observar la situación y descubrir en dónde había fallado el conjuro original. Durante las tardes repasaba mi material de referencia de la magia y estudié más de lo que había estudiado en años.

Descubrí que la magia efectiva para la prosperidad es mucho más que encender una vela verde y pedir dinero. Después de casi 30 años de practicar la brujería había cometido un craso error de principiante. Por mi arrogancia olvidé algo esencial sobre hacer conjuros. El descuido fue que, cuando hice el conjuro inicial para el dinero, estaba frustrada, enojada y estresada, lo cual, a su vez, trajo a mi vida más frustración, enojo y estrés cuando la magia se manifestó. ¿Cuántas veces le he dicho a la gente que debe estar en calma, en su centro y como si estuviera haciendo un negocio al momento de realizar sus propios conjuros? Esto es lo que se llama ironía.

Ese conjuro sí trajo dinero a mi vida, así que en un sentido estuvo bien. Pero, no lo estuvo en varios aspectos puesto que también trajo a mi vida más drama, más tensión y más infelicidad. Esos cinco meses de locos y ese cambio repentino de situaciones me pusieron a pensar sobre la magia para la prosperidad desde otra perspectiva. La magia para la prosperidad es el eterno tema favorito de las brujas y de otros usuarios de la magia, y al principio parece engañosamente fácil, pero no lo es.

Mientras más investigaba, descubría lo interesante y estratificado que es este tema. Me preguntaba: ¿cómo puede trabajar de manera más efectiva la magia para la prosperidad? ¿Cómo puedo hacer que sea más fácil de aplicar, más rápida, más segura y más práctica? Al examinar con detenimiento cómo se manifiesta este tipo de magia, descubrí más matices que acompañan a esta clase de conjuros.

¿Y sabes qué? *Es* más profundo y más complejo de lo que me imaginé. Hacer un conjuro de "necesito dinero" sin pensar en esos matices puede ocasionar que consigas trabajo, pero también puede traer caos y ansiedad a tu vida —en especial si no razonas y reflexionas en tu conjuro para la prosperidad—. Necesitas ser práctico y entender *de verdad* que estás invitando a tu vida a entrar a un nivel energético.

Qué encontrarás en este libro

> *Los libros pueden ser peligrosos. Los*
> *mejores deberían tener una etiqueta que*
> *diga "Esto podría cambiar tu vida."*
>
> HELEN EXLEY

Si quieres aprender la manera de hacer magia de forma adecuada para obtener cambios positivos y atraer prosperidad a tu vida, entonces este libro es para ti. En estas páginas encontrarás conjuros, amuletos y rituales, además del material fundamental que necesitarás para comprender la magia de la prosperidad y abundancia en todos sus niveles y complejidades.

En principio, usaremos el marco de los cuatro elementos de la naturaleza para explorar el tema. En el primer capítulo, que se alinea con el elemento tierra, exploraremos los cimientos y los fundamentos de la magia. Abordaremos las siete leyes herméticas desde una perspectiva práctica y exploraremos la ley de atracción. Los elementos necesarios para hacer conjuros y rituales están aquí para que trabajes con ellos, lo cual te brindará una base sólida sobre la cual progresar en tus estudios sobre la magia para la prosperidad.

Después veremos los demás elementos de la naturaleza y descubriremos cómo se aplican a la magia para la prosperidad y cómo se mezclan sus energías y fortalecen tu trabajo de prosperidad y tu actitud. Vamos a explorar la felicidad y el éxito, la motivación y la transformación, la riqueza y la magia de la manifestación. Hay capítulos sobre amuletos para la buena suerte, talismanes, monedas mágicas para atraer la abundancia, así como un capítulo que trata de cómo eliminar obstáculos que te impiden tener éxito. Descubrirás cómo corregir errores comunes en magia y cómo es tu energía mágica personal (EPM). Hay capítulos sobre magia con hierbas y cuarzos con un chorro de nuevos conjuros de prosperidad y éxito para que los pruebes. Además, hay información sobre magia planetaria, teúrgia y taumaturgia, y las deidades que corresponden a la prosperidad y a la abundancia. También hay conjuros para la bruja solitaria así como rituales de prosperidad que puedes realizar con tu aquelarre o grupo. Finalmente, también contiene dos apéndices que están relacionados con el trabajo de la prosperidad.

Aquí hay mucha magia práctica para que la realices. Si estás listo para aumentar tu arte y aumentar tu habilidad mágica, estás en el lugar adecuado. *Magia práctica para la prosperidad* te puede ayudar a traer, de manera adecuada, el éxito y la abundancia a tu mundo gracias a la magia que se manifiesta de manera inteligente y suave, y que mejora la calidad de tu vida. Déjame enseñarte cómo.

Capítulo 1

Tierra: cimientos y conocimiento fundamental

El hombre debe sentir a la tierra para conocerse
a sí mismo y reconocer sus valores...

CHARLES LINDBERGH

EL ELEMENTO TIERRA nos proporciona estabilidad, riquezas y cimientos fuertes y recios, lo cual nos permite construir sobre esta base y aumentar nuestro conocimiento sobre la magia en general. El elemento tierra es complementario a la magia práctica y a la magia para la prosperidad en particular.

Cuando haces magia para obtener éxito y prosperidad, por lo general no significa que el dinero te va a caer del cielo. Como mencioné en la introducción, literalmente me cayó una oportunidad de trabajo menos de una hora después de haber hecho ese conjuro rápido. Sin embargo tuve que seguir el procedimiento y hacer la solicitud del puesto, programar las entrevistas, etcétera. Después tuve que vivir con las consecuencias negativas de la actitud y las emociones que estaba experimentando cuando hice el conjuro en un principio.

El problema empieza cuando no te detienes a considerar el humor y las emociones que estás impregnando a tu conjuro. Por la prisa que tenía de hacer un conjuro rápido, pasé por alto las leyes más profundas sobre las que se basa la magia. Existen reglas básicas que muchos usuarios de la magia pueden descuidar por la premura de hacer sus conjuros. Puede pasarle a cualquiera —incluso a quienes hemos hecho esto durante décadas.

El asunto es reforzar y volver a familiarizarte con estos principios fundamentales. Bien vale la pena que le dediques un tiempo, además de que te ayudará a mantener tu magia en el camino adecuado y energéticamente correcta. En realidad, el *¡boom!* instantáneo de un conjuro que se manifiesta rápidamente es impresionante, pero la verdad es que te va mejor con un conjuro que se desenvuelve de manera suave, creando así el cambio positivo que deseas con mucho menos drama. Este conocimiento fundamental es importante puesto que establece los cimientos sobre los que construyes. Al entender exactamente la manera en que operan la magia y la ciencia que están detrás del arte, estos principios te ayudarán a controlar tu conjuro.

Hermes Trismegisto y los principios herméticos

Transmuta tu ser a partir de las piedras muertas
y conviértelo en piedras filosofales vivientes.

GERHARD DORN

La verdad sea dicha, gran parte de la magia se basa en la filosofía. Un buen ejemplo son los principios herméticos. Estos constituyen un conjunto de creencias filosóficas basadas en los antiguos textos de Hermes Trismegisto. Según la tradición, estos principios o leyes fueron escritos originalmente sobre tablas de esmeralda y Alejandro Magno las descubrió cuando abrió la tumba de Hermes Trismegisto. Después de que tradujeron las tablas, supuestamente las escondieron de nuevo, sin embargo, la sabiduría obtenida de ellas fue protegida celosamente y transmitida durante siglos. Por ejemplo, una de las frases más conocidas de las tablas puede sonar familiar a los practicantes de magia de la actualidad: "Como es arriba, es abajo. Como es adentro, es afuera." La leyenda de las tablas se volvió la piedra angular de la ciencia y la filosofía herméticas. Estos antiguos principios establecieron las bases de la alquimia y la magia ceremonial.

Hay quienes atribuyen esta filosofía a las escrituras del dios Hermes y otros dicen que fue el dios egipcio Tot. Algunas corrientes de pensamiento creen que fueron *ambos* dioses —que Hermes era y es un dios de la magia y el conocimiento, y por ello se le conoce con diferentes nombres en distintas culturas—. Otra teoría popular dice que Hermes Trismegisto fue un maestro/ alquimista/ maestro mago divino de todo tipo. O que "el" autor de los principios, en realidad era una triada de iniciados anónimos... ¿estás confundido?

Bueno, para empezar, trata de descifrar el significado del nombre de Hermes Trismegisto. *Hermético* significa "sellado" o, según algunos, "conocimiento secreto," mientras que *Trismegistus* significa "tres veces grande" y se refiere a las tres ramas del conocimiento que poseyó Hermes Trismegisto.

La primer rama de conocimiento que dominó Hermes Trismegisto fue la alquimia. No se trataba del acto físico de convertir plomo en oro (lo cual crea una piedra filosofal), sino más bien de centrarse en la transformación del ser, del alma.

La segunda rama de su sabiduría era la astrología. Los filósofos herméticos creían que, aunque la astrología influye sobre la tierra, no controla nuestras acciones. La sabiduría se obtenía al conocer y comprender estas influencias y la mejor manera de lidiar con sus efectos.

Por último, la tercera rama de la sabiduría de Hermes Trismegisto era la teúrgia: magia o milagros llevados a cabo con la ayuda de un espíritu bueno, un dios o ángel, o lo que sea que consideremos "alta magia" hoy en día.

En 1908, esta información se publicó de manera anónima en francés. Más tarde, en 1912, se realizó en inglés. El libro se llamó *El Kybalión* y fue escrito por "tres iniciados" que, según la leyenda, eran filósofos herméticos secretos. Lo interesantes es que el texto de este libro estaba, de hecho, dedicado a Hermes Trismegisto.

Hermes Trismegisto es una imagen arquetípica familiar para la mayoría de los practicantes modernos de magia, quizá no te hayas dado cuenta de que lo has visto. Sin embargo, te sería muy familiar si tuvieras una baraja de tarot. Se dice que la carta del arcano mayor titulada el Mago representa al mismo Hermes Trismegisto. Observa que el mago de la carta apunta a la tierra y al cielo; es una clásica demostración de la frase hermética "Como es arriba, es abajo."

A mí me parece que el amigo Hermes Trismegisto está en todos lados. No solo está contemplándonos desde el arcano mayor de la baraja del tarot, sino que también se encuentra dentro del corazón de todo mago y bruja, esperando pacientemente a que abramos los ojos y lo reconozcamos, abrazando sus lecciones y formas mágicas.

Comprende los principios herméticos

*Nunca he permitido que mis estudios
escolares interfieran en mi educación.*

MARK TWAIN

Hazte a la idea: si estás en busca de información, las leyes o principios herméticos tradicionales no son fáciles de leer, lo cual los hace desconcertantes para muchos practicantes de magia. Esos principios son la más vieja escuela que podrás obtener. Si tomamos en cuenta que los escribieron por primera vez por ahí del año 300 a. C., pueden resultar un poco confusos para los practicantes de la era moderna. Y para que el asunto no sea aburrido, existen muchas variaciones modernas de los principios herméticos, y suelen estar organizados en distinto orden, lo cual hace que los virgos amantes del orden, como yo, se inquieten un poco.

Así, después de varias semanas de sentir la pirámide de siete niveles, un principio sobre otro y cada principio respaldando al siguiente, de esta manera me acuerdo de tomarlos paso a paso. Sigue leyendo y verás a qué me refiero.

La carta del mago del tarot de las brujas.

Los siete principios herméticos

Las reglas no son necesariamente
sagradas; los principios sí.

FRANKLIN D. ROOSEVELT

Aquí están los siete principios herméticos clásicos. Los presento de la manera más sencilla posible, con explicaciones de la vida real en donde vienen al caso y con notas prácticas al final. Tómate tu tiempo y permite que la información se asiente, esta sección no es cosa de "lo leí una vez y ya está". Desacelera y absorbe la información, un paso a la vez. Darte tiempo para descubrir y comprender estos principios herméticos es un acto de alquimia, por medio del cual puedes transformar tu ser y tu magia para la prosperidad, o cualquier otro tipo de magia, en algo *más*. Mientras más conocimiento tengas, más fuerte y más refinada será tu magia.

El principio del mentalismo

Es el primer principio. Asegura que "todo es mente", que todo existe en la mente del Dios/Diosa, o la conciencia divina. En su libro *Power of the Witch* (*El poder de la bruja*), Laurie Cabot escribe sobre el primer principio que "toda creación está compuesta por la Mente Divina." En otras palabras, la Diosa literalmente nos creó con el pensamiento.

Para comprender este principio necesitas darte cuenta de que poseemos un potencial ilimitado. Todo lo que es evidente para nuestros sentidos material y físico es espíritu, y todo lo que se encuentra en el plano físico y mental está en proceso de evolución —lo cual significa que nosotros, como brujas, también estamos en constante evolución—. El mundo físico, o mundano, funciona bajo las leyes de la naturaleza. Sin embargo, la naturaleza verdadera del poder y la materia está en un segundo plano ante el dominio de la mente. Si tu mente es la que dirige el camino, entonces tú también puedes crear cualquier cosa con el poder de tu mente.

Nota de magia práctica: Ten presente que tus pensamientos afectan tu realidad y la de los demás. Esto es de vital importancia, de manera que no olvides que los pensamientos tienen sustancia real. Conclusión: ¡el pensamiento crea!

El principio de correspondencia

Este principio nos enseña que "Como es arriba, es abajo. Como es adentro, es afuera". Nosotros existimos en todos los planos —el astral/espiritual, el energético y el físico— de manera que este principio es una lección en perspectiva. Cuando la mayoría de los autores intenta explicar esta "lección de perspectiva", por lo general te encuentras con una frase sobre hologramas que se repite, lo que a mí, he de confesar, hace que pierda lo poco que me queda de sensatez.

¿Hologramas? *Ay, por favor.*

Un día me sentía particularmente incómoda. Estaba discutiendo en voz alta por la descripción de un libro de referencia sobre hologramas y este principio hermético de correspondencia en particular. Pensaba que quizá, si lo leía en voz alta, por fin lograría entender la explicación de todo el asunto del holograma. Entonces, mi esposo, que estaba tranquilamente leyendo una revista sobre pesca con mosca, volteó a verme y dijo: "¿Estás hablando sobre dimensiones?"

Levanté la cabeza. Hmmm... pensé en eso. ¿Estaba hablando de percepción de dimensiones? Quizá necesitaba mirar en mi interior en lugar de leer un libro viejo... espérame tantito.

Mira a*dentro* para aprender más.

Fue entonces cuando hice conexión con una frase de *La carga de la Diosa:* "Si aquello que buscas no lo encuentras en tu interior, entonces jamás lo encontrarás afuera", o lo que es lo mismo, "Como es adentro, es afuera". Es cuestión de la manera en que lo percibes. Tenía que encontrar esa respuesta buscando adentro antes de que pudiera encontrarla afuera —fue un momento de "foco prendido".

Nota de magia práctica: el principio de correspondencia también nos dirige a las herramientas más armoniosas y a los accesorios de conjuros para nuestra magia, como es una tabla de correspondencias. Los cuarzos y las hierbas específicas pueden activar ciertas energías asociadas de manera natural a tus diferentes metas de magia. El color es un ejemplo excelente. Las flores amarillas, en especial las que tienen forma de sol, como el girasol, están típicamente asociadas o se percibe que corresponden al sol, la fama y el logro. El girasol corresponde a la intención de éxito. El principio de correspondencia es sobre percepción y asociación.

El principio de vibración

Este principio nos enseña que todo está en movimiento, nada está estático. Todo se mueve; todo se sacude con su propio ritmo de vibración. Todo está en un constante estado de movimiento y cambio. Las cosas, las plantas y los animales tienen una huella de energía que suele percibirse como el aura. Es interesante que, cuando cambia nuestra energía o nuestro estado mental, el mundo que nos rodea se modifica para adecuarse a la nueva vibración.

Ahora, el principio de vibración tiene dos partes. En la primera tenemos la ley de atracción, LDA para abreviar. La LDA nos enseña que "los iguales se atraen". Demuestra que lo que piensas —ya sea bueno o malo— lo atraes hacia ti mismo. Además, ¡la lección del primer principio es que "el pensamiento crea"! Esta es una sencilla explicación de las formas de pensamiento (más adelante analizaremos las forma de pensamiento con más detalle).

La segunda parte del principio de vibración es la ley del cambio. Las brujas aceptan el cambio, y el cambio se supone que se considera normal. Honestamente, cuando hacemos nuestra magia, ¿no estamos trabajando para que se dé un cambio positivo? También es importante recordar que, cuando modificamos nuestro comportamiento consciente, o actitud, y tomamos uno más positivo, entonces el mundo que nos rodea también se transforma.

Nota de magia práctica: Sí, el principio de vibración es así de simple: cambia tu actitud y cambiarás tu vibración energética. Ese cambio se extiende y afecta a tu medio ambiente. Por ejemplo, siempre digo que la magia más poderosa proviene del corazón y el corazón genera las vibraciones energéticas más fuertes. Es magnético. Las vibraciones del corazón son el punto de partida de todas las energías positivas —como la prosperidad— que podemos atraer a nuestra vida.

El principio de polaridad

Este principio nos enseña que todo se relaciona con algo más —todas las cosas tienen un opuesto, y todas las cosas son duales—. La pobreza está en un extremo de la balanza y la riqueza está en el otro. También, aquí hay un gran misterio que debes comprender: cada una de las características del opuesto contiene la esencia del otro; el mejor ejemplo de este pensamiento es el símbolo del yin y el yang. En la riqueza puede haber pobreza —alguien puede tener los objetos más caros y de moda que pueda soñar, pero también puede estar completamente solo y no tener amigos verdaderos— así como puede haber riqueza en la pobreza. Alguien que se considera que vive en la pobreza puede sentirse muy afortunado y enormemente bendecido solo por estar vivo y tener a su familia consigo.

Los opuestos crean equilibrio. Como brujas, somos caminantes entre los mundos, buscando y explorando todo el tiempo el balance entre los dos extremos. Los opuestos son idénticos en naturaleza pero distintos en grados, y esos sutiles matices son lo que cultivamos y con lo que trabajamos nuestra magia.

Nota de magia práctica: La magia no es blanca ni negra, no es buena ni mala. Los términos "benéfica" y "perjudicial" son simples percepciones de la naturaleza dual de la magia. Las brujas trabajan para ser neutrales —para caminar en equilibrio y para trabajar de manera imparcial en algún lugar del centro entre ambos extremos—. Este caminar neutral entre los mundos es una reflexión sobre polaridad. No somos una cosa ni la otra, sino matices de ambas.

En la magia para la prosperidad, el principio de polaridad se manifiesta como dar y recibir. Puesto que la magia funciona mejor a través de un intercambio energético, si das con alegría entonces recibirás con abundancia. El proceso tiene dos partes de naturaleza idéntica pero de grado distinto. Camina en equilibrio, respeta la polaridad y trabaja con las leyes de la naturaleza.

El principio del ritmo

Este principio nos enseña que todo fluye y que todas las cosas son circulares o cíclicas. Para que la magia sea más efectiva debemos trabajar con el ritmo natural de las estaciones, la rueda del año, la luna y el ritmo de nuestra vida.

En la primavera, la vida nueva busca la manera de ser. La energía, el entusiasmo y los nuevos comienzos son las mareas de la energía. En el verano hay abundancia, pasión y crecimiento. El otoño trae el tiempo de reunir —de celebrar la abundancia de la cosecha y de prepararse para el periodo de inactividad—. En el invierno nos retiramos a nuestras cálidas casas a descansar, estudiar y prepararnos. Toda la vida existe en un orden o patrón de ciclos. La luna crece y mengua, las estaciones pasan una después de la otra... todo tiene un ciclo y un ritmo. Como brujas, seguimos esos ritmos y nos dejamos fluir.

Nota de magia práctica: no hay una estación que no tenga ritmo. Hay un latido o una cadencia —un tempo— en la rueda del año conforme gira. Ese giro tiene un ritmo energético propio. Trabaja con ello. También recuerda que el principio del ritmo nos recuerda que para cada acción existe una reacción, lo cual muchas veces se visualiza como un péndulo. Este es otro aspecto del ritmo. La manera en que tratamos a los demás es como seremos tratados en su momento. Lo que enviamos energéticamente regresa a nosotros. Todo es una manifestación del ritmo.

El principio de género

Este principio es simplemente la ley de la polaridad puesta en acción. Los principios masculino y femenino están trabajando siempre en el mundo, los reconozcamos o no. Todos somos una mezcla de la energía masculina y femenina.

Tradicionalmente, se considera que la energía femenina es magnética; se basa en el cuidado y en el rendimiento. Mientras que los proyectos de energía masculina son fuertes y asertivos. Imagina cómo las ideas de la energía magnética y asertiva pueden ser aplicadas. Las posibilidades son infinitas.

Nota de magia práctica: el principio de género trabaja en armonía con la creación, y el género se manifiesta en todos los planos: la luna y el sol, la tierra y el cielo, incluso en el rostro de nuestro Dios y Diosa.

El principio de causa y efecto

Este principio ilustra que no existen las coincidencias; nada sucede por casualidad. La casualidad es el nombre de una ley no reconocida. Lo he visto explicado de la siguiente manera: "Existen muchos planos de la causalidad, pero nada se sale de la ley," lo cual es una forma elegante de decir que por cada resultado de un conjuro hay una acción anterior, o causa.

Lo que enviamos de manera energética o por medio de los conjuros, ya sea positivo o perjudicial, se expande y regresa a nuestro mundo personal de alguna forma. A cada acción le corresponde una reacción. De nuevo, nada se escapa del principio de causa y efecto.

Nota de magia práctica: al conocer y entender este último principio hermético podemos hacer elecciones más sensatas de acuerdo a lo que queremos atraer a nuestra vida o lo que queremos que desaparezca. Entender el principio de causa y efecto evita que te sientas como el peón del ajedrez. Tú puedes controlar el tablero y el resultado de tu magia cuando trabajas con sensatez y estás consciente de este principio.

ཙུ ◆ ཟུ

Tómate tu tiempo para estudiar con detenimiento los principios herméticos. Mientras analizas las implicaciones de los siete principios herméticos en tu vida y en tu magia, te invito a que veamos más de cerca la ley de atracción.

La ley de atracción: no es un "secreto"

Danzamos alrededor de un círculo
y hacemos suposiciones,
mientras el secreto se encuentra en el
centro y posee el conocimiento.

ROBERT FROST

Las brujas saben que "El Secreto" no es un secreto. Es solo una manera moderna y popular para enseñarle al público en general un poquito sobre magia y sobre el poder del principio de vibración y el principio de causa y efecto. El mensaje de *El secreto* es que la prosperidad solo existe en tu mente y que será atraída hacia ti, lo cual es una forma indecente de ilustrar la ley de la atracción en funcionamiento.

Puedes manifestar tu propio destino. La ley de atracción funciona en todos los aspectos de tu vida, mágicos y mundanos, te des cuenta de ello o no. Nos lo comprueba al demostrarnos que nuestros pensamientos son energía en realidad. Tus pensamientos se manifiestan en forma de vibraciones y esa energía vibratoria se extiende al universo y se vuelve realidad. ¡El pensamiento crea!

Entonces, si tu monólogo interior siempre es sobre fracaso, estás atrayendo el fracaso hacia ti. Si tu monólogo interior es optimista, entonces llegarán a ti experiencias positivas. Jalas hacia ti el tipo de energía que le envías al universo. Trabajar con la ley de la atracción es una aplicación de los principios herméticos para obtener prosperidad.

La ley de atracción es la ley por medio de la cual el pensamiento se conecta con su objeto, el cual produce las bases de las formas de pensamiento. Si has estudiado el arte durante algún tiempo, es probable que hayas escuchado sobre las formas de pensamiento; es interesante resaltar que a veces se les llama los ladrillos de la magia.

Las formas de pensamiento son creadas por pensamientos fuertes y positivos —o por pensamientos negativos intensos— que toman vida propia y existen en el plano astral. Esos pensamientos en el plano astral pueden manifestarse, y lo hacen, y afectar el estado emocional de una persona, así como la creación de su conjuro.

Porque —repite conmigo una vez más— ¡el pensamiento crea!

Dicho de la manera más sencilla: si lo crees, entonces recibirás. Las brujas usamos esta dulce y sencilla idea y la combinamos con conocimiento y acción para que la creación del conjuro tenga éxito. Sin embargo, todo comienza con esa vibración energética que estás irradiando. Para ilustrar lo que te digo, piensa en estos cuatro puntos que trabajan bajo la ley de atracción:

1. Valorar y agradecer

Se cree que cuando piensas en las cosas que valoras —por las que estás más agradecido y que hacen que te sientas más feliz— este acto de gozo eleva tu vibración energética. Ilumina tu aura dándole un color brillante y de felicidad. Si visualizaras ese color próspero, yo pienso que debería ser de color dorado (para el éxito y la abundancia) o de color verde (para la prosperidad y la riqueza).

Dato simple: valorar las cosas positivas que tienes en la vida te hace feliz. Esa felicidad construye formas de pensamiento a tu alrededor que son brillantes, ciertas y exitosas, lo cual atrae más prosperidad y abundancia a tu mundo. Es lo que llamamos una situación de ganar-ganar.

2. Confirmación y entusiasmo por el comienzo

Haz un seguimiento de la manera en que comienza a manifestarse el conjuro para la prosperidad y celebra esos eventos conforme sucedan. El darte cuenta de las manifestaciones de tu conjuro, en forma de buena suerte y oportunidades nuevas que se te presentan, te ayuda a que tu entusiasmo crezca. ¡Y el entusiasmo es contagioso!

Reforzar esa energía positiva aumenta tu frecuencia vibratoria, y hace que cada vez sea más y más brillante. Estas formas de pensamiento positivos se vuelven de color dorado resplandeciente o verde brillante. Mientras más se refuerza tu energía, mayor será tu vibración. Esto significa que esas vibraciones se vuelven más fuertes y eliminan la duda. Dichas energías positivas también disminuyen la resistencia a los cambios positivos para los que estás haciendo el conjuro.

3. Desechar la duda y eliminar el miedo al fracaso

La *duda* es una palabra sofocante; deséchala de tu vocabulario, de tu magia y de tu vida. Si estás pensando, "Híjole, a ver si este conjuro funciona...", estás a medio camino de la duda. Bruja mala. Te quedas sin premio.

Por esta razón, los maestros de los viejos tiempos alentaban a sus estudiantes a que hicieran un conjuro y se olvidaran de él. Aunque yo creo que no debes ignorarlo, tampoco debes sofocar un conjuro con preocupación. No analices todo el proceso, por el amor de la Diosa. Cree en tu magia.

Cuando eliminas la duda a la hora de hacer tus conjuros entonces no hay resistencia que se meta en el camino del cambio. Deja que el trabajo de prosperidad germine y crezca, y —al igual que el agua baja por la colina sin resistencia— la magia fluirá con mayor rapidez. Al eliminar el miedo al fracaso, aumenta la velocidad del resultado de tu conjuro.

Si empiezas a permitir que la duda se meta, aplástala pensando y diciendo algo como: "Mi conjuro está en proceso de manifestarse y atraer la prosperidad" o "La magia de mi prosperidad está comenzando a germinar en este momento". Sé positivo. No te rindas.

4. Celebra y reconoce el resultado

Cuando tu magia para la prosperidad se ha manifestado y estás disfrutando del resultado, entonces debes celebrar tranquilamente. Festejar y reconocer el resultado de tu conjuro aumenta aún más la energía positiva para ti, pues estas vibraciones de gozo y celebración atraen más prosperidad a tu vida.

Esta es la ley de atracción y responderá a tus formas de pensamientos mágicos y a las vibraciones energéticas positivas que le envíes al mundo mientras admites con gratitud el éxito de tu conjuro. Sé alegre, disfruta de tu éxito y atrae más de la misma energía mágica a tu mundo. Encierra la ley de atracción en tu mente y aprovéchala para obtener mejores resultados en tu magia para la prosperidad y abundancia.

Elementos de los conjuros para la prosperidad y los rituales

Y armonía significa que la relación
entre todos los elementos usados en una
composición es equilibrada, es buena.

KARLHEINZ STOCKHAUSEN

Después de hablar sobre los principios herméticos y de la ley de atracción y sus lineamientos y varios puntos a considerar, necesitamos revisar los elementos de los conjuros y los rituales para la prosperidad. ¿Por qué ahora? Porque algunas de las personas que están leyendo este libro pueden ser novatas en la creación de conjuros o necesitan refrescar sus conocimientos. Ahora, antes de que te horrorices y anuncies que eres un practicante muy avanzado como para perder tu tiempo leyendo semejante material, espera un segundo.

No puse la historia sobre lo que me hizo investigar más profundamente en el funcionamiento de la magia para la prosperidad solo para rellenar más hojas. Lo hice para demostrar que cualquiera, incluso una bruja con 30 años en su haber, puede cometer un error. Todos necesitamos un repaso sobre las nociones elementales y fortalecer el conocimiento básico de vez en cuando.

No importa quién seas, repasar las bases o refrescar la información es sensato. La información y la estructura de este primer capítulo serán incorporados a todos los conjuros y rituales que encuentres en este libro, así que estúdialos con detenimiento y renueva tu conocimiento y tus habilidades.

Así que, sin más preámbulos:

Propósito y enfoque: ten clara tu intención. ¿Cuál es el propósito de tu ritual? ¿Estás enfocado? ¿Te tomaste un momento para calmarte y centrarte y hacer a un lado la negatividad? No te centres en el miedo ni en lo que quieres. Concéntrate en la abundancia, en la felicidad, en el cambio positivo y en la prosperidad. Ahora pregúntate si tu intención es pura. ¿Estás siendo sincero?

La frase "conócete a ti mismo" fue inscrita en el antiguo templo de Delfos. Dicha frase es una manera elegante de recordarte que seas ético y que estés en equilibrio. Es importante. Necesitas estar centrado y en un estado de calma y enfoque. Es un requisito para la conciencia alterada. Es fácil que esto se te olvide en el calor del momento o por la prisa de hacer un conjuro rápido, pero haz lo posible por estar tranquilo y centrado. Tómate un tiempo para relajar tu mente. Concéntrate.

Intención y voluntad: Conoce cuál es tu intención exacta. ¡Visualiza! Si tu deseo es hacer un cambio positivo en tu vida, entonces debes tener la determinación para alcanzar el éxito, además de la fuerza para vivir tu vida como una persona triunfadora, próspera y generosa. Centrarte en tu deseo es una prueba a tu fortaleza personal y a tu meta de traer un cambio positivo en tu mundo. El pensamiento crea. Si tienes una intención positiva y estás concentrado en tu deseo, entonces podrás dirigir la energía del conjuro de manera suave y sin esfuerzos.

Aumentando tus vibraciones personales: esto se da bien después de las dos primeras. Las vibraciones energéticas alegres y optimistas construyen formas de pensamiento poderosas, efectivas y que atraen la prosperidad. Todo lo que sientas emocionalmente al momento que hagas el conjuro afecta sobre el resultado de la magia. Piensa en la lección que volví a aprender a golpes en la introducción. Recuerda el principio de la vibración. Construye esas formas de pensamiento positivas de manera adecuada y prepárate para soltarlas al mundo para que produzcan un resultado positivo.

Espacio sagrado: los conjuros y los rituales provocan un cambio de conciencia ya que suceden fuera de la vida ordinaria. En donde sea que decidas trabajar tu brujería y tu magia para la prosperidad, haz que sea un espacio sagrado. Prepara un área de trabajo que sea atractiva e inspiradora. Me refiero a un ambiente limpio, feliz y agradable, sin importar que sea en tu casa, en el garaje o en el jardín. El espacio sagrado se define como un área natural, limpia, bonita e inspiradora.

Provisiones: la mayoría de los rituales requieren velas de colores, aceites, hierbas, cuarzos y otros materiales. Tus provisiones deben ir de acuerdo con tu intención y estar en armonía con ella. Justo como dije antes, en los principios de correspondencia y vibración, las provisiones deben estar en sintonía unas con otras; tener la misma clase de energía y vibración, para dar mejores resultados. (En el apéndice II hay una tabla de correspondencia de la magia para la abundancia y la prosperidad, así que no te preocupes por hacer una lista de provisiones. Ya la hice por ti).

Momento: muchas veces se subraya que el momento lo es todo, y también lo es en el caso de la magia. Cuando se trata del momento mágico para hacer tus conjuros de prosperidad, lo divido en dos categorías principales: la luna creciente o menguante y los días más favorables de la semana.

Luna creciente: la luna creciente jala la prosperidad. Cuando la luna está creciente (creciendo) en el cielo, está pasando de la fase de luna nueva a luna llena. Este es el mejor momento para los conjuros que atraen aumentos, expansiones, nuevas oportunidades y crecimiento financiero.

Luna menguante: la luna menguante aleja la pobreza. Cuando la luna está menguante (disminuyendo) en el cielo, está pasando de la fase de luna llena a luna nueva. Este es el momento perfecto para hacer la magia que disminuye deudas, preocupaciones y elimina obstáculos para lograr el éxito. Trabaja con las mareas de la luna, no en contra de ellas. Piensa en el principio hermético del ritmo.

Días específicos de la semana: algunas veces no podemos esperar a que llegue la fase de la luna más adecuada. Pero, sí tenemos la oportunidad de trabajar con las energías astrológicas y las correspondencias diarias. Los días más oportunos de la semana para trabajar la magia para la abundancia y la prosperidad son el domingo (el día del sol para el éxito y la riqueza) y el jueves (el día de Júpiter para la prosperidad y la abundancia). Toma en cuenta el principio de correspondencia.

La prosperidad está a la vuelta de la esquina: ¿estás listo?

Si quieres tener éxito debes andar sobre nuevos senderos...

JOHN D. ROCKEFELLER

Hemos comenzado a caminar con nuevos ojos por una ruta encantada, la cual nos permite explorar y aprender sobre magia para la prosperidad desde una perspectiva fresca y práctica. Es algo buenísimo porque, cuando se trata de magia para la prosperidad, debes comenzar con una actitud positiva y ser honesto sobre la manera en que te ves a ti mismo y a tu lugar en el mundo.

Atrévete a estudiar los misterios de los siete principios herméticos. Acepta la ley de atracción y reafirma los elementos de la creación de conjuros y los rituales. Dale un buen uso a este conocimiento fundamental y descubrirás que ya estás en el camino hacia una vida más próspera, feliz y de abundancia.

Este es un momento emocionante de tu viaje pues te permite ver cosas en tu mundo mágico como si fuera la primera vez. Así que demos la vuelta a la página y sigamos explorando. A continuación estudiaremos el elemento aire y descubriremos cómo puede propulsar la inspiración, la felicidad y la abundancia a nuestra vida.

Capítulo 2

Aire:
felicidad y éxito

La felicidad es un camino complejo que solo se vuelve fácil a medida que caminamos por él.

ANDREA POLARD

EL ELEMENTO AIRE trae inspiración y creatividad a nuestra vida. En este segundo capítulo le damos la bienvenida a las ideas y actitudes alentadoras y a los nuevos comienzos, lo cual permitirá que entre aire fresco a nuestro mundo. Al hacerlo estamos eliminando esas viejas percepciones y actitudes negativas, y aceptando que florezcan el gozo, la abundancia y la prosperidad. Así es como se pone en movimiento la ley de la atracción pues, una vez que llega la felicidad, esta fomenta el entusiasmo y la inspiración, y se da paso a nuevas perspectivas mágicas. En pocas palabras, la felicidad es la moneda de la abundancia.

A partir de este momento debes estar consciente de que ya posees la sabiduría y la fortaleza que necesitas para hacer que tus sueños se vuelvan realidad. Si te cuesta trabajo creer en que verdaderamente eres capaz de crear un futuro abundante y próspero para ti, entonces, bruja amiga, estás permitiendo que tu magia sea bloqueada. La felicidad y la satisfacción no provienen de eventos externos y son emociones que las cosas materiales no te garantizan. La realidad es que la felicidad y la satisfacción son materia espiritual y provienen de tu interior.

Tenemos el derecho de buscar la felicidad. Si por el momento te parece una tarea descomunal, te sugiero que inhales profundamente, te relajes y que te des chance. Lo lograrás. Es tiempo de que cambies tu perspectiva. En la vida y en la magia, las cosas sencillas son las que más importan. Si tu deseo y tus intenciones mágicas son crear un mejor resultado, una actitud más optimista y un cambio próspero positivo, entonces podrás hacerlo.

Y ¿qué crees? Ese cambio se da más fácilmente cuando te permites volver a encontrar placer en tu mundo y cuando te das permiso de ser feliz. Cuando se trata de una vida mágica, los placeres sencillos suelen ser pasados por alto. Reflexiona en el siguiente misterio: mientras más sencilla hacemos que sea nuestra vida, más abundantes nos volvemos. Puedes aprender a ser feliz así como aprendes un nuevo comportamiento. Haz que la felicidad sea un hábito *y* una práctica mágica.

El arte de la felicidad

Persigue tu gozo.

Joseph Campbell

¡Acepta lo que te hace feliz! La felicidad no es una extravagancia frívola; es esencial para la vida. Hoy haz algo que te haga feliz —algo maravillosamente simple—. Los placeres sencillos que podemos permitirnos suelen quedar olvidados. ¿Cuándo fue la última vez que hiciste galletas solo por diversión? ¿O que acomodaste flores de tu jardín en un jarrón para ponerlo dentro de tu casa? Es más, ¿cuándo fue la última vez que plantaste flores en tu jardín o jitomates en macetas? A ver, usa tu imaginación y piensa en algo simple que puedas hacer hoy que te dé satisfacción y felicidad.

Debido al ritmo acelerado del caótico mundo en el que vivimos hoy en día, muchos nos sentimos desconectados y cansados. No disfrutamos nuestra vida. Solo sobrevivimos y desperdiciamos los días deseando que tuviéramos un coche más grande, esa casa que viste en el periódico o esos hermosos zapatos de diseñador. Solemos no estar satisfechos con las cosas que sí tenemos. Al contrario, anhelamos tener algo más extravagante.

Yo soy de las personas que no se impresionan por las casas enormes o los coches caros. Nunca lo he sido. Lo que sí me impresiona son los jardines bonitos y bien cuidados; los niños felices y una relación duradera. ¿Por qué? Porque sé que todas esas cosas requieren trabajo —mucho trabajo—. Cualquiera que tenga esas cosas tuvo que dedicarse a ellas.

El trabajo arduo y el deseo de tener éxito, combinados con la capacidad de ser feliz, son algo impresionante y digno de admirar. Recuerda que no se trata de las cosas. De hecho, la calidad de tu vida y lo que haces con ella es lo que conforma una existencia próspera y abundante.

Así que, experimenta y haz algo que te dé gozo. Tómate una taza de té frente a un fuego crepitante. Comparte una botella de vino con tu amado sentados a la sombra de un árbol. Lleva a los chicos al parque, elige un lugar a la sombra y deja que corran por el parque y que griten como locos... o grita tú con ellos. Anda, es divertido correr con tus hijos. Cuando estés en el parque, súbete a un columpio y ve qué tan alto puedes llegar. Hay algo liberador en eso de columpiarse hacia el cielo. También puedes caminar al amanecer (o al atardecer) o quedar de ver a un amigo para tomar un café. Las cosas simples de la vida son las que nos hacen sentir más satisfechos.

Aprende a saborear los pequeños momentos de la vida que te den alegría. Por ejemplo, estar unas horas, tranquilas y productivas, en la biblioteca mientras trabajaba sobre este manuscrito, me hizo sentir súper feliz. Algunas veces es necesario un cambio de perspectiva —en mi caso, salir de la casa y hacer algo diferente en mi rutina para escribir.

Quizá te preguntes qué tienen que ver todas estas sugerencias para estar contenta con tu prosperidad personal. Bueno, tenemos que hacer que el asunto de la ley de atracción se ponga en funcionamiento para ti. También tenemos que hacer que tengas un estado de ánimo positivo y que rompas el patrón de cualquier pensamiento negativo o de preocupación que haya quedado por ahí. Aquí es donde te sacamos de tus viejas ideas o viejos patrones de pensamiento negativo. Esta acción se llama "interrupción del patrón".

Cambiar tu perspectiva y hacer algo diferente es positivo. Te obliga a detenerte, mirar a tu alrededor y analizar exactamente en dónde estás parado en este momento de tu vida. Una interrupción del patrón hace que cambies tu perspectiva —y funciona como si fuera magia.

Interrupción del patrón

Y ahora, algo completamente diferente...

Monty Python

Sí puedes cambiar los indeseables patrones de pensamiento negativos. Lo único que hace falta es un poco de voluntad e intención de tu parte. Como brujas, ya deberíamos estar familiarizadas con enfocar nuestra voluntad e intenciones. Así que tenemos ventaja y esta técnica se nos da muy fácilmente.

Al principio, la interrupción del patrón era una técnica usada en la hipnoterapia. Estaba diseñada para cambiar tu atención y, lo mejor de todo, para neutralizar los pensamientos negativos. Ahora cada vez que te sientas frustrado o preocupado puedes usar la técnica de interrupción del patrón. Te sacará de inmediato de esa sensación de que estás atorado.

Cuando tenemos un patrón negativo en la vida solemos tener pensamientos autodestructivos una y otra vez. Es un círculo vicioso. Mientras más nos preocupamos, más deprimidos nos sentimos. Mientras más deprimidos nos sentimos, más nos preocupamos... Ese viejo monólogo interior va más o menos así: "Estoy súper preocupado por el dinero... nada sale bien; no importa qué conjuro haga, la magia no sale bien..."

Ay, Dios. Piensa en qué tipo de energía están creando en el mundo físico todos esos pensamientos negativos. ¿Recuerdas las formas de pensamiento? Toda esa negatividad está creando algo y las formas de pensamiento van a seguirte por todos lados, buscando más energía para alimentarse, haciéndote sentir peor y arrastrándote hacia abajo.

Gracias a los principios herméticos sabemos que "el pensamiento crea". De manera que es esencial detener el ciclo destructivo. Necesitas reconocer que esos pensamientos negativos y esos patrones de comportamiento derrotista están estorbando en tu camino mágico. Entonces, ahora que tienes identificado el problema, es hora de interrumpir ese viejo ciclo.

En lugar de preocuparte por toda esa negatividad y de acumular más energía negativa, mejor piensa en qué te gustaría que hubiera pasado. Cuando te descubras con esos patrones de pensamiento pesimistas, detente. Inhala y esfuérzate por cambiar tu actitud y tu energía.

¡Ándale, eres un practicante de la magia! Deja de quejarte y haz el cambio. Usa tu deseo y tu intención y esfuérzate. Inhala profundamente, invoca al elemento aire para que se lleve toda la negatividad y cree un cambio positivo. Ahora cambia tu enfoque energético. Transforma ese monólogo interior en algo positivo y constructivo. Intenta algo fácil, como: "Hoy cambio mi percepción y mi actitud ante la abundancia y la prosperidad. La abundancia y la prosperidad me rodean. Esta nueva energía positiva fluye ahora hacia mi vida. ¡Es mi voluntad, así es!".

Después haz algo completamente diferente. Usa una interrupción del patrón. Cambia de ambiente y lo que te rodea (de esta manera cortas tu patrón de comportamiento para ayudar al cambio en el patrón de tus pensamientos). Es engañosamente simple, pero funciona súper bien. Por ejemplo, si sueles hacer ejercicio a primera hora de la mañana, cámbialo. Trata de hacerlo cuando termines de trabajar y hazlo en las tardes durante un tiempo. Altera tu rutina. Hará que tu cerebro tenga una forma de pensar completamente nueva y te forzará a ajustar tu actitud.

Te doy más sugerencias. Si sueles comer en tu escritorio en la oficina, entonces sal, siéntate en el pasto y come al aire libre. Usa la afirmación que te di. Puesto que es tu voluntad, entonces es.

Ahora, si trabajas en tu casa y te sientes encerrado, entonces agarra tus notas y tu computadora portátil y siéntate en el jardín —o de plano sal de la casa.

Estoy muy agradecida por trabajar en mi casa y amo el espacio de mi pequeña oficina, pero algunas veces siento que las paredes se me vienen encima. En promedio paso en la oficina entre ocho y diez horas; rara vez dejo de escribir un día. Me gustan las rutinas y trabajo mejor con disciplina. Pero todo el mundo (hasta yo) necesita cambiar su ritmo diario y hacer algo diferente de vez en cuando.

Tengo muchos amigos escritores que, cuando necesitan un cambio de escenario, se van a una cafetería, se sientan en un sillón y son felices. Les encanta teclear en su computadora portátil, tomar café y escribir. Aunque me encanta el olor del café, yo no puedo trabajar con todo ese ruido. Las conversaciones en voz alta y el ruido de las tazas y los cubiertos me ponen la piel chinita, como las uñas cuando raspan el pizarrón. Pero lo he intentado. Además, no tomo café. Ya lo sé, ya lo sé, es como sacrilegio ser un escritor que odia el café. Sí, me gusta el olor, eso debe ser un punto a mi favor.

El caso es que, cuando necesito hacer una pausa en la rutina o cuando se me va la idea para un capítulo, a veces me salgo de la casa a comer un plato de sopa, un *smoothie* o una taza de chocolate *light*. Me siento en la cafetería y me gusta ver el ajetreo. Observo a la gente, tengo pensamientos profundos y disfruto de mi compañía un rato. Luego, cuando el ruido ya es demasiado, me voy a la librería para trabajar.

Con la computadora, mis libros de referencia y mis notas, rento un cuarto de estudio durante unas horas. El cambio de ritmo del ruido y el movimiento de la cafetería al ambiente tranquilo de la librería me quita en segundos cualquier bloqueo mental o frustración (y sí, es una interrupción del patrón). Es una acción que me hace salir de la casa y me da un cambio de escenario. En la librería produzco mucho. Dejo los "días de trabajo en la librería" para cuando realmente los necesito. Es una manera de convertir un estado de ánimo negativo y de frustración en algo positivo, constructivo y que disfruto.

Otro truco padre de interrupción del patrón que descubrí hace poco es cambiar la lista de reproducción de mi iPod. Todos tenemos canciones favoritas y la tecnología nos permite ponerle una banda sonora personal a nuestra vida. Cambia la tuya, añade música nueva o algunas de las viejitas favoritas. Además, la música se alinea con el elemento aire.

Cuando estaba trabajando en este capítulo sobre aire hice una lista de reproducción nueva y le puse de nombre "Felicidad y creatividad". Cargué música de los 70 y 80, canciones de programas de Broadway como el musical de *Los locos Adams* y algunas canciones modernas que me hacen sonreír cuando las canto. Es una mezcla un poco rara, pero me hace feliz, me cambia el estado de ánimo y funciona de maravilla.

Tú tienes el poder de modificar tu vida —para experimentar abundancia, felicidad y satisfacción— y puedes hacerlo ahora mismo. Debes estar dispuesto a cambiar tus percepciones. Interrumpe cualquier patrón de comportamiento y pensamiento negativo. Actúa como deseas ser.

Reclama tu felicidad y tu poder personal. Expresa completamente tus talentos y vive como tú decidas. Practica mantener una mente tranquila y centrada. Si lo necesitas usa una interrupción del patrón y trabaja de verdad para volverte una persona más feliz. Descubrirás que es más fácil alcanzar el éxito cuando te sientes bien.

Un encanto floral para reforzar la actitud positiva

Tienes el poder de cambiar tu vida y disfrutar de la felicidad, el éxito y la abundancia. El poder está al alcance de tus dedos de bruja. Este sencillo conjuro te ayudará a reforzar una actitud positiva y puedes hacerlo cuando lo necesites. Un "encanto floral" es una frase que acuñé hace varios años. Significa un conjuro o hechizo directo que se hace con flores que pueden usarse con diferentes propósitos mágicos. No subestimes el poder de un encanto floral, funciona muy bien. Lo maravilloso de este tipo de conjuro es que es muy sutil. Puedes llevarte un encanto floral al trabajo sin problema. Una flor dentro de un florero sobre tu escritorio es una magia sutil y que se disfruta.

Los elementos necesarios son sencillos y muy baratos o puedes tomarlos de tu jardín. Necesitas una flor amarilla para el elemento aire y para la alegría y el éxito.

Una radiante rosa amarilla aumenta las emociones positivas. Un aromático clavel amarillo te da energía alegre y eleva tu estado de ánimo. Si en tu jardín hay flores amarillas, úsalas. Pueden ser coreopsis, girasoles de ornato, lirios de día, margaritas o crisantemos. Cualquiera de esas flores del color del sol añade magia y un estado de ánimo positivo y adecuado a tu encanto floral.

Coloca varias flores, o una sola, en un florero lleno de agua fresca y ponlo en un lugar donde puedas verlo y disfrutarlo todos los días. En el escritorio donde trabajas, en el vestidor de tu recámara o en la mesa de la cocina —en donde sea que sientas que debe estar—. Pon las manos sobre las flores y repite tres veces el siguiente conjuro:

Con flores y colores este conjuro comienza,
mi actitud es ahora positiva.
Por el elemento aire este conjuro floral se realiza,
la energía fluye y rápidamente funciona.
Ahora llegan la felicidad y la alegría a mí,
es mi voluntad, y es así.

Disfruta de las flores hasta que comiencen a marchitarse, después devuélvelas a la naturaleza, puedes ponerlas en la composta o en la basura de tu jardín para que se reciclen. Lava el florero y guárdalo para otra ocasión.

Bendito sea.

Felicidad y éxito

El éxito no es la clave para la felicidad.
La felicidad es la clave para el éxito.

HERMAN CAIN

Mientras seguía con mi investigación sobre abundancia y éxito, me encontraba con la idea de "felicidad auténtica". ¿Serías capaz de reconocer la felicidad auténtica si se te presentara y te abrazara? Piénsalo. La felicidad auténtica representa algunos de los mejores momentos, los más felices y de los recuerdos que más atesoras.

Hace algunos años, en junio, hice una gira por la costa este por mi libro *Garden's Witch Herbal*. Yo planeé, arreglé y pagué el viaje. Tenía cinco presentaciones en tres estados en un periodo de ocho días. La verdad, fue mucho más caro de lo que había planeado, pero no lo supe sino hasta que ya llevaba tres días en la gira. (Bueno, de alguna manera hay que aprender...). Después de los primeros dos eventos, la realidad se hizo presente. Me di cuenta de que había calculado muy mal los gastos y empecé a preocuparme por el creciente costo de la gira.

Era la primera vez que mi esposo me acompañaba y esa vez estábamos decididos a disfrutar del viaje sin importar nada. No tardé en darme cuenta de que la preocupación por el costo del viaje estaba acabando con toda la diversión que podríamos tener. Cuando terminó la presentación en Maine, mi esposo y yo decidimos usar el día del viaje como día libre y visitar un jardín botánico victoriano en New Hampshire. La mejor manera para alegrarme es visitando un jardín. De manera que, con un GPS y una guía de viaje de New Hampshire emprendimos el camino.

El jardín era pequeño pero absolutamente encantador y nos divertimos explorando y tomando fotos. Según el mapa local que habíamos conseguido, estábamos cerca del mar, así que le preguntamos a una chica del jardín cómo llegar. Sus indicaciones fueron sencillas: saliendo del estacionamiento tomen a la derecha, sigan por la carretera y volteen a su izquierda.

Terminamos la visita y decidimos explorar. Seguimos por la carretera, como nos indicó y, para nuestra sorpresa, nos dimos cuenta de que sí estábamos junto a la costa. Más específicamente, estábamos en *The Hamptons*, cosa que nos dio risa. Una pareja de clasemedieros del Medio Oeste paseando por *The Hamptons*. Seguimos manejando y observando las enormes casas a lo largo de la costa cuando descubrimos que había una playa pública. El estacionamiento costaba dos dólares por hora; felizmente pagamos la cuota y echamos carreras hasta la playa. Era un día cálido y soleado, pero el agua del mar estaba helada —lo cual explica por qué no había nadie—. La playa era para nosotros solitos. Perfecto.

Al otro lado de la carretera había un restaurante chiquito y lindo, decidimos ir a almorzar ahí. Había media docena de mesas de madera con sombrillas, todo cobijado por la sombra de unos pinos. Pedimos rollos de langosta. Fueron 40 dólares por dos rollos servidos en platos de cartón. Estuve a punto de ahogarme cuando vi la cuenta, pero mi esposo me miró, me dijo que respirara hondo y que me relajara.

Me preguntó tranquilo, ¿cuándo volveríamos a estar en *The Hamptons* comiendo rollos de langosta fresca con vista al océano? Está bien, lo entendí. Y me acordé de ese anuncio: "Estacionamiento frente a la playa, dos dólares. Almuerzo de dos rollos de langosta fresca, 40 dólares. El recuerdo de un día en la playa con tu esposo, no tiene precio".

Estar un rato en la playa de *The Hamptons* no era parte de los planes del viaje, pero me recordé a mí misma mientras entregaba el dinero para pagar los rollos de langosta, que era una aventura y se supone que las aventuras no se planean. (Aunque, siendo Virgo, probablemente me hubiera esforzado al máximo por planearla). Mi esposo me sonrió feliz, nos sentamos en una mesa de madera bajo la sombra y comimos mirando al océano. La comida estuvo deliciosa, la atmósfera relajante y la vista era maravillosa.

Más tarde encontramos un hotel para pasar la noche a unos ocho kilómetros hacia el interior. Cruzamos un pueblito donde había una tienda de abarrotes y unos cuantos restaurantes de comida rápida. Nos registramos en el hotel, dejamos nuestras cosas y nos fuimos a la playa.

Y como casi nos terminamos el presupuesto para ese día con esos rollos de langosta, acabamos cenando en McDonald's. Compramos la comida para llevar y regresamos a la playa, riéndonos todo el camino.

Ahí estábamos, cenando un menú de comida rápida barata sentados en la playa de *The Hamptons*. *¡Très chic!* Terminamos de cenar, tiramos la basura, caminamos por la orilla recogiendo conchitas y piedras hasta que se metió el sol.

Nos tomamos unos *selfies* con la cámara digital —ya sabes, cuando estiras el brazo para tomarte la foto tú mismo—. Bueno, pues debe haber sido por la emoción de cenar comida barata en *The Hamptons*, porque una de las fotos salió tan bien que la imprimimos y la enmarcamos cuando llegamos a la casa.

Lo chistoso es que... hasta la fecha, esa tarde espontánea en la playa de *The Hamptons* se convirtió en uno de mis recuerdos más preciados. Mi esposo y yo estuvimos en un lugar precioso relajándonos en la playa, comimos unos rollos de langosta extremadamente caros y terminamos el día cenando comida rápida súper barata en uno de los lugares más fufurufos de Estados Unidos; me pone de muy buen humor.

Las hamburguesas de un dólar en la playa de *The Hamptons* representaron un momento de verdadera felicidad para nosotros, o si te pones técnico, fue un auténtico *día* de alegría. Esa tarde cambió mi estado de ánimo en cuanto a la gira y pude disfrutar del resto del viaje por la Costa Oeste y terminar una exitosa gira de presentaciones. La actitud lo es todo.

Nueva mentalidad, nueva actitud

Eres la personificación de la información que decides aceptar y sobre la cual actuar. Para cambiar tus circunstancias tienes que modificar tu forma de pensar y tus acciones subsecuentes.

ADLIN SINCLAIR

La felicidad y el optimismo pueden convertirse en un comportamiento aprendido. Deja atrás los pensamientos de carencia y vuélvete optimista. ¡Ah!, y en serio trata de no preocuparte; no es más que un desperdicio terrible de energía. Podemos cambiar nuestra actitud y nuestra perspectiva si estamos dispuestos a trabajar un poquito.

¿Puedo recordarte esos principios herméticos del capítulo uno? ¡El primer principio nos enseña que el pensamiento crea! Así que, pregúntate, ¿qué está trayendo a tu mundo toda esa negatividad? Respuesta: está generando formas de pensamiento destructivas y negativas.

Así que acéptalo y reorganízate. Ahora entiendes por qué debes detener de inmediato ese comportamiento. Honestamente, la sola idea de las formas de pensamiento negativas creadas por uno mismo hace que algunas personas mágicas entren en pánico. Yo no quiero que entres en pánico. Lo que quiero es que estés alerta. Respira. Céntrate y concéntrate. Piénsalo de la siguiente manera: si creaste estas formas de pensamiento negativas (de forma accidental o no), de todas maneras puedes deshacerte de ellas.

No estoy diciendo que no vaya a ser difícil que cambies de actitud, pero igual hazlo. Desaparece con una sonrisa esas viejas formas de pensamiento. Ahora ya son parte del pasado y no necesitas que te sigan como si fueran una nube gris de tormenta sobre tu cabeza. Debes elevar tu conciencia más allá del miedo y la carencia. La mente subconsciente acepta cualquier cosa que decidamos creer. Es importante que reconozcas que algunas veces, los pensamientos pesimistas se interponen en el camino del éxito. De manera que vamos a deshacernos de esas formas de pensamientos porque no queremos que ningún tipo de energía depresiva mine el éxito de nuestra magia para la prosperidad.

De vez en cuando nos hace falta un ajuste de actitud. Tenemos que aprender a enfocarnos en lo positivo y cambiar nuestra mentalidad a algo abierto y constructivo. Una de las herramientas más poderosas para el crecimiento personal es la capacidad de reflexionar tranquila y honestamente sobre tu vida. Solo que no te instales en ello —más bien, tómalo como una experiencia de aprendizaje—, porque ahora que has evaluado el pasado puedes visualizar un futuro brillante y despejado. De hecho, todo lo que estamos pensando está creando nuestro futuro. El conocimiento y la información son poder, así que dales un buen uso.

Reflexiona sobre la información que te presento en este capítulo y pon manos a la obra. Usa la interrupción del patrón, cambia tu rutina y ve las cosas de manera diferente. Todo esto te dará una perspectiva fresca y estimulará una nueva mentalidad.

Si deseas los cambios en tu vida con una intención mágica, entonces sucederán. Fija tu intención para cambiar tu actitud. Visualiza que la negatividad o las formas de pensamiento nocivas explotan y se desvanecen como si fueran nubes grises disipadas por el viento. Visualiza el cambio que quieres que se dé en tu vida y reconoce en lo más profundo de tu ser que sí es posible. Ahora continúa felizmente con tu vida como quieres que sea.

Magia con campanas de viento para deshacer formas de pensamiento negativas

Aquí tienes un conjuro con campanas de viento, que usa el elemento viento y la magia del sonido para deshacer cualquier forma de pensamiento negativa que se interponga en el camino de tu éxito y prosperidad. Busca unas campanas de viento nuevas que te gusten. Entonces, cada vez que las escuches imagina que su música está deshaciendo las preocupaciones y las formas de pensamiento pesimistas.

Para comenzar el conjuro cuelga un hermoso arreglo de campanas de viento en la entrada de tu casa. Extiende las manos frente a ellas y llénalas de propósitos mágicos con este conjuro, repite la primera parte tres veces:

Con mi voluntad y mi intención comienza este conjuro,
con el elemento aire esta magia está en movimiento.
Desde este momento, estas campanas de viento encantadas están,

los vientos que soplan, mi éxito garantizarán.
Las formas de pensamiento negativas se deshacen
al sonido de estas campanas,
la felicidad, el optimismo y el éxito me acompañan.

Toca ligeramente las campanas para que se muevan y cierra el conjuro con las siguientes cuatro líneas:

Ahora suena dulcemente con tu sonido de alegría,
no más negatividad mi vida encontrará.
Por el elemento aire, este simple conjuro hecho estará
que la magia perdure y se propague la energía.

Buen humor, magia buena

¡Guau! ¡Esta cosa de verdad funciona!
Como que es divertido hacer lo imposible.

WALT DISNEY

Cuando estaba investigando y escribiendo este libro probé varios conjuros y amuletos mágicos. Sin embargo, esta vez lo hice con mucha atención y usando lo que había investigado. Me aseguré de tomar en cuenta los principios fundamentales y también procuré mantener una actitud positiva y una actitud más feliz. Creé formas de pensamiento positivas, me llené de gratitud al hacer conjuros de prosperidad y buena suerte para mí y mi familia.

Los resultados fueron impresionantes. Mi esposo recibió un aumento de sueldo cuando más lo necesitábamos. Después ascendieron a mi hija en su trabajo y le dieron un aumento de sueldo. Supe que estaba en una buena racha cuando una amiga me llamó para decirme que tenía cuatro boletos para ver el musical de *La familia Adams* que ella no iba a usar. Quería saber si yo podía utilizarlos.

Tuve que gritar de la felicidad. Moría de ganas de ver ese musical, pero el precio de los boletos de la gira nacional se salían de mi presupuesto. Los boletos incluían estacionamiento gratis y asientos VIP en el Teatro Fox en St. Louis.

Manejé feliz durante una hora para reunirme con ella y que me diera los boletos. Para agradecerle, le di una botella de buen vino en una linda cubeta de *Halloween*. Mi esposo, mi hija, una amiga que estaba de visita y yo fuimos al musical. Nos lo pasamos de maravilla.

Luego, mis hijos fueron a visitarnos y me pidieron que hiciera un conjuro de buena suerte para ellos. Así que, con una firme comprensión de los principios herméticos y una actitud feliz, comencé a conjurar para ellos. Una semana después, mi hijo mayor me llamó muy emocionado. Un cliente de la tienda en la que trabaja como gerente de área le regaló dos boletos para las semifinales de béisbol, así de la nada.

Este hombre era cliente regular de la tienda. Mi hijo estaba haciendo un inventario cuando el señor se le acercó y lo saludó. Kraig dejó lo que estaba haciendo para hablar con él; el señor le preguntó qué iba a hacer esa noche, a lo que mi hijo respondió que iba a ver en la tele el partido de las semifinales de los Cardenales.

El hombre sonrió y le sugirió que mejor se llevara a su hermano al estadio. Le entregó dos boletos y le dijo que se divirtieran. Impactado, mi hijo le preguntó cuánto pedía por los boletos pues era imposible conseguir entradas para los partidos de las semifinales y ni qué decir de que salían carísimos. El hombre solo le sonrió y le dijo que eran un regalo. Quería dárselos a alguien que verdaderamente los disfrutara. Sorprendido, mi hijo le dio las gracias y el hombre se fue despidiéndose con la mano y sonriendo.

Los chicos me llamaron para contarme todo cuando iban de camino al estadio. Los boletos para la semifinal eran en tribuna, cerca del campo y muy bien ubicados. Estaban súper emocionados. Resultó que ese partido fue el último de las semifinales —cuando ganaron los Cardenales y pasaron a la Serie Mundial—. ¿Qué tal?

Bendiciones y gratitud

*La gratitud abre las puertas
cerradas de las bendiciones.*

MARIANNE WILLIAMSON

La gratitud es una habilidad que debemos aprender y dominar en la vida. Ser agradecido es una parte de la magia (algunos le llamarían misterio) cuando se trata de atraer a tu vida prosperidad, abundancia y felicidad.

La gratitud puede entenderse como un sentimiento de agradecimiento, de valorar y de estar complacido. Detente un momento a pensar verdaderamente en lo rico que eres. Estás vivo y respiras. Eres capaz de estudiar lo que quieras y de ejercer libertad religiosa. Tienes amigos, familia, mascotas, seres queridos... y la lista puede seguir y seguir. Reevalúa y date cuenta de que en verdad eres muy rico. Esto es lo que hace que te sientas bendecido. La gratitud en sí misma puede volverse una práctica espiritual porque, cuando te centras en las bendiciones que tienes en la vida, cambia tu frecuencia vibratoria. Este acto atrae aún más felicidad y abundancia a tu vida. Otra vez, como vimos en el primer capítulo, esto es un ejemplo de la ley de atracción en funcionamiento. Los pensamientos más optimistas generan formas de pensamiento positivas y energéticas, y estas te ayudan a crear una realidad más alentadora y próspera.

Cuando estás agradecido estás permitiendo que más felicidad y más abundancia se manifiesten en tu mundo. Ahora tu estado de ánimo es optimista porque estás comportándote y pensando dentro de un marco mental más positivo. No hay tiempo para la incertidumbre ni la distracción; no cuando tienes toda esa energía feliz revoloteando en tu vida.

¡Así que no dudes de que tu magia para la abundancia y tus conjuros para la prosperidad funcionarán! Todo depende de la energía que tengas. La felicidad es contagiosa y es capaz de cambiarlo todo. Debes estar dispuesto a dejar que las viejas ideas y las formas de pensamiento negativas salgan de tu vida. Permite que entren la felicidad y la abundancia y cambien tu mundo.

Abraza las bendiciones que tienes y ábrete para recibir todavía más. Tu energía personal será cada vez más elevada y brillante. En otras palabras, estás poniendo las bendiciones en "benditas sean".

¡Vamos! Ser feliz es un impulsor mágico maravilloso. Cuando estás dispuesto a volver a creer en la maravilla de la magia, entonces casi todo es posible.

Capítulo 3

Fuego:
iluminación, transformación
y manifestación

Para avanzar necesitas creer en ti mismo...
tener convicción en tus creencias y la confianza
para llevar a cabo esas creencias.

ADLIN SINCLAIR

EL ELEMENTO FUEGO es la fuerza motora que está detrás de la magia. El fuego es un elemento natural espiritualmente creativo que tiene vida propia. Este elemento puede ser amoroso, pero también puede ser cruel. La energía del fuego es activamente apasionada en cuanto a que es creadora y destructora al mismo tiempo.

Míralo de este modo: para que algo nuevo florezca, algo viejo e innecesario debe deteriorarse y ceder el paso. Queremos transformar esas viejas vibras malas que estropean la actitud o toda la negatividad y la frustración que estancan tu prosperidad y convertirlas en algo mejor y energéticamente correcto.

El elemento fuego permite que las cosas nuevas y positivas surjan en tu vida mágica a partir de las cenizas de lo que ya no te sirve. El fuego crea iluminación y motivación —la motivación que necesitarás para cambiar y transformar tu vida—. Y para transformar y marcar la diferencia en tu vida mágica tienes que ser diferente y reaccionar de manera distinta.

La transformación es una meta importante en la que cualquier bruja o mago debe centrarse. Sin embargo, debes recordar que los conjuros que harás *no* se tratan de dinero. El dinero por sí mismo no es capaz de traer prosperidad. Mucha gente permite que la idea del dinero tenga algún tipo de poder sobre ella. La verdad es que nosotros no controlamos el dinero, pues el dinero es un producto.

También es importante que no confundamos el dinero con la prosperidad, aunque sí tiene una esencia mágica que podemos aprovechar, y lo haremos. Piensa en esto: ser próspero es estar creciendo, desarrollándose o floreciendo. En otras palabras, ser próspero es ser exitoso. El cambio, el movimiento y la expansión es lo que quieres que se manifieste con tu magia.

La prosperidad es una herramienta que te ayuda a transformar tu vida de formas importantes para que progreses a nivel espiritual, y a nivel económico. La prosperidad es simplemente el medio por el cual suavizamos el progreso del propósito verdadero de nuestra vida. Tendrás que trabajar para alcanzar tus metas; nada es gratis cuando la magia está implicada. Pero, si estás dispuesto a estar motivado y a trabajar arduamente, en definitiva disfrutarás de los beneficios de una transformación mágica y energética.

Para empezar la transformación energética tienes que ser honesto contigo mismo. Sé feliz y trabaja en la confianza en ti mismo. Por ello es que los principios herméticos y los fundamentos de la magia están al comienzo de este libro seguidos de unas sugerencias sobre cómo darle la bienvenida a la felicidad y al éxito: aquí hay un plan espiritual. En la práctica estamos labrando el camino, página tras página, hacia una vida más próspera, pues cada paso mágico que damos se basa en las lecciones y la información del capítulo anterior.

Este tipo de conciencia mágica es crucial pues da una explicación a tus metas. Aquí tienes un pensamiento iluminador: tú eres la fuente de tu propia prosperidad. ¿Te acuerdas de la exposición sobre las formas de pensamiento del capítulo anterior? Tus pensamientos tienen sustancia —como en el primer principio hermético:

¡el pensamiento crea!—. De manera muy real, esos pensamientos establecen el modelo de lo que será creado. Tus emociones le dan energía a los pensamientos y los impulsan del reino mental al físico, y de esta manera, crean la manifestación de tu conjuro. Mientras más motivado estés, más fuertes y más positivas serán tus emociones y más rápido podrás transformar tu vida.

Evita las energias espirituales conflictivas:
sé cuidadoso con lo que quieres al hacer un conjuro

El éxito es fácil. Haz lo correcto, de la manera correcta, en el momento correcto.

ARNOLD H. GLASGOW

Cuando empieces a trabajar tu magia para la prosperidad y la abundancia, mantén la mente centrada en tu intención mágica y tus pensamientos positivos. De esta manera evitas que tu conjuro se estropee con energías en conflicto. Atraemos a nuestra magia todo lo que sentimos y pensamos mientras estamos haciendo el conjuro de prosperidad. Caso ilustrativo: mi historia en la Introducción. Si te enfocas en tus miedos y en los pensamientos pesimistas como la pobreza, el estrés y las preocupaciones por los recibos que se acumulan o por la falta de efectivo, atraes con tu conjuro exactamente este tipo de energía inútil a tu vida. Esa energía se manifiesta de maneras inesperadas e indeseadas en tu magia, así que piensa con cuidado antes de comenzar a hacer conjuros.

Muchas veces, la gente hace conjuros a lo tonto para obtener efectivo (sin ser muy específica). Puede hacer un conjuro para tener, digamos 5 000 dólares y quizá su magia funciona súper bien. El problema es que el amado abuelo tuvo que morir y dejarle el dinero como parte de la herencia.

Nunca hagas conjuros de abundancia sin ser específico. Puedes hacer un conjuro para tener un jardín maravilloso y que crezcan

muchas plantas... y de repente tienes abundancia de hiedra venenosa en todo el jardín. Cuando hagas conjuros para obtener prosperidad y abundancia, sé muy específico. Ya sea que quieras evitar
la vieja maldición de la lotería, una situación infortunada, exceso
de abundancia de algo dañino o molesto, como abundancia de dia-
rrea en tu familia, o esa fastidiosa hiedra venenosa en tu jardín mágico. Detente. Piensa. Sé específico.

Te pongo otro ejemplo clásico: si estás realizando un conjuro de
prosperidad para encontrar un nuevo trabajo en el que te paguen
mejor, no te claves en cuánto odias tu trabajo actual. Eso es energía
espiritual en conflicto. En serio, ¿crees que algún conjuro va a manifestarse como quieres si estás enojado y duro y dale con el trabajo
que tienes actualmente?

Por cierto, la respuesta es no.

También quiero que recuerdes lo siguiente: hay un detallito al
que llamo el tiro por la culata del "odio mi trabajo". Sucede cuando
estás tan harto y enojado por la situación de tu trabajo actual y haces un conjuro para dejarlo pronto y así poder encontrar un trabajo
nuevo. Y adivina qué pasa. Normalmente, en cuestión de días te
dan tu carta de despido porque no fuiste específico a la hora de
pedir, y las energías que liberaste con enojo y frustración se mani-
festaron justo como lo pediste. ¡*Voilá*! Y ya no tienes trabajo.

El universo acaba de regalarte un montón de tiempo para que te
centres en encontrar un trabajo nuevo. ¿No querías dejar ese trabajo pronto? Ahí está. Es un ejemplo típico de energías espirituales en
conflicto, y el único culpable eres tú por no reflexionar, por no recordar los fundamentos sobre los que se basa la magia y por no
poner en acción un plan mágico. Así que, toma esta oportunidad
para repasar los principios herméticos y asegurarte de que los tienes bien aprendidos antes de volver a hacer un conjuro relacionado
con el trabajo.

También recuerda que, cuando estás haciendo magia en un ambiente de trabajo que puede afectar a otras personas, necesitas ser
súper cauteloso. ¿Quieres un aumento de sueldo? ¿Quieres que el
jefe se dé cuenta de lo mucho que trabajas? ¡Bien! Ahora piensa

bien en todas las opciones. Un conjuro que se manifiesta con alguien perdiendo su puesto para que tú te quedes en su lugar es magia pobre. Lo que quieres es hacer que tu trabajo y tú brillen, no que alguien fracase.

¿Conoces el viejo adagio del arte que habla de arrojar una piedra a un estanque? Bueno, no solo la energía de la piedra que cae al agua es la que se propaga por toda la superficie; esa piedra también afecta para siempre el fondo del estanque y su ambiente. Así que, si empiezas a arrojar conjuros sin ton ni son en tu trabajo, es muy probable que afectes a otras personas. La magia mal planeada que lanzas a tu lugar de trabajo ocasiona un efecto dominó y puede manifestarse en bloqueos a tus metas mágicas. Esa magia puede causar problemas en la oficina, retrasos en tu progreso y muchas "piedras" emocionales que recoges en el trabajo.

Solo haz conjuros para ti en un ambiente de trabajo. Cuando realices tu magia sé optimista y positivo. Incluye un eslogan para asegurarte de que nadie más salga afectado negativamente cuando se desarrolle tu conjuro. Usa la siguiente frase o eslogan para esas situaciones en el trabajo:

Ahora lanzo este conjuro solo para mí;
nadie más será afectado. Sin perjudicar a nadie,
mi conjuro de prosperidad solo resulta como lo he recitado.

De nuevo, al final del conjuro dices un "eslogan" —es como una póliza de seguro para el mago—. Este eslogan en específico te ayudará a que la magia para tu trabajo no se desvíe y se dirija hacia tu objetivo específico y personal.

Sé optimista con tus conjuros de prosperidad

Cambia tus pensamientos y cambiará tu mundo.

NORMAN VINCENT PEALE

No olvides por favor que es mejor que la energía que te rodea cuando haces conjuros de prosperidad sea radiante, alegre y brillante y no pesimista y de desesperanza. Asegúrate de que tu estado de ánimo sea alegre o por lo menos neutral, como si estuvieras haciendo un negocio. Dirige tus pensamientos a las cosas alegres de tu vida (las que sean) y deja que esa energía positiva te llene. El cambio hacia un estado de ánimo más optimista ayudará a que tu magia de prosperidad se manifieste en formas más positivas y constructivas. Mientras haces magia para tu prosperidad, piensa en algo por lo que te sientes agradecido y céntrate en eso.

Voy a volver a decirte algo: *Cuando estás agradecido estás permitiendo que más felicidad y más abundancia se manifiesten en tu mundo. Ahora tu estado de ánimo es optimista porque estás comportándote y pensando dentro de un marco mental más positivo.*

Entonces, permite que esas formas de pensamiento se acumulen en tu ser más exitoso. De esta manera, tus conjuros tendrán un mayor nivel de efectividad.

Es de vital importancia que estés consciente de que tus emociones en combinación con tus palabras impregnan tus pensamientos con una vibración energética más profunda. Sabemos que el pensamiento crea; bien, ahora imagina qué tipo de impacto encierra la palabra pronunciada mágicamente.

Rima, ritmo y repetición:
Las tres "r" del conjuro

No, no nací en un mundo que rimara.

WILLIAM SHAKESPEARE

Existe una muy buena razón por la cual la mayoría de los versos de los conjuros y los encantamientos están escritos en forma de rima. Y no es porque el autor tenga delirios de grandeza y quiera ser el siguiente Shakespeare. Los versos de los conjuros riman para que la energía vocal que crean se propague con un movimiento suave. Si lo quieres en términos técnicos, el sonido es una vibración mecánica regular que viaja a través de la materia.

Cuando se dice el verso de un conjuro o de un encantamiento en voz alta y con una intención, la energía que se crea trae a la vida una transformación mágica. El sonido de tu voz combinada con tu intención se propaga al plano astral y eventualmente se manifiesta en el plano físico.

Los versos de los conjuros que riman tienen un ritmo, como el de la música. El hecho de que existe el ritmo en la vida es una verdad elemental, tanto en nuestro cuerpo (en los latidos del corazón) como en los ciclos de la naturaleza que nos rodean. Acuérdate del principio del ritmo que dice que todo fluye y que las cosas son cíclicas. Esto hace que la práctica del ritmo sea muy importante en los conjuros.

Si alguna vez has ido a un festival pagano y escuchado con atención a los tambores, el sonido es hipnótico. Y si te has fijado en los bateristas, parece que están en un mundo aparte. El ritmo te pone en una especie de hechizo, como de trance si quieres, porque los sonidos rítmicos cambian el flujo de conciencia. El ritmo y la rima de los versos de los conjuros te llevan a un estado alterado de conciencia, el cual se llama estado alfa.

El estado alfa se asocia a la relajación, a la meditación y a la vigilia tranquila. Cuando entras en estado alfa, tu mente está alerta, despejada y receptiva a la información en varios niveles. Durante el estado alfa también estás abierto a los tipos de comunicación extrasensorial, como la clarividencia, la premonición y la clariaudiencia. Tu intuición se enciende y puedes sentir o ver que la magia está trabajando. En el libro *Power of the Witch* (*El poder de la bruja*), Laurie Cabot dice que el estado alfa "es el trampolín de todos los trabajos psíquicos y mágicos. Es el corazón de la brujería".

Al enunciar encantamientos que riman y tienen ritmo, estás yendo a ese tranquilo estado de alerta. Cuando estás en estado alfa, tu cerebro está concentrado, y tu magia interior es estimulada. En cuanto a la razón por la cual los versos de muchos encantamientos y conjuros requieren repetición, la respuesta es maravillosamente sencilla. Mientras más veces se repite un verso, más lejos llegas en el estado alfa. Por lo general, los conjuros requieren una repetición triple, lo cual explica el eslogan que se añade a muchos encantamientos y conjuros:

Por el poder de tres veces tres
como lo deseo, se dará de una vez.[1]

No solo rima el verso del conjuro, sino que tiene nueve sílabas por línea. Hay métrica y ritmo. También, nueve es el resultado de tres veces tres. Ahí tienes la razón por la cual he incluido este eslogan en tantos conjuros y encantamientos que he escrito en mis libros durante años.

Magia con velas:
aprovecha el fuego de la transformación

Encender una vela une nuestro espíritu
con la llama de la vela.

ILEANA ABREV

¿Por qué es tan popular la magia con velas? Bueno, hay varias razones. Para empezar, es un vínculo directo con el elemento fuego. La magia con velas es sencilla, fácil y —lo principal— da resultados. En realidad, una vela para conjuro encendida es como una señal al Divino. Envía un mensaje al reino astral de que la magia está en marcha y el conjuro está en funcionamiento. La llama de la vela para conjuro irradia luz y energía transformadora al universo. También simboliza la intención de la persona que realiza el conjuro.

En conjunto, la gente mundana y la gente de magia responden a la llama de la vela de manera positiva y milagrosa. La luz de las ve-

---

1   N. del T.: El verso en inglés *By all the power of three times three; as I will it, then so shall it be*, tiene 9 sílabas por línea.

las nos permite distanciarnos del ajetreado mundo exterior y nos guía con suavidad al hermoso reino de la magia.

Las velas que se queman con una meta específica en mente se vuelven poderosas herramientas mágicas. En realidad, esa vela para conjuro que estás pensando usar en este momento es un símbolo en y por sí misma. Tiene un valioso significado y es un importante elemento de la magia elemental, una vela encendida trae iluminación y se corresponde con el elemento de fuego y la magia de la transformación. Cuando las velas para los conjuros son marcadas con símbolos mágicos y después bendecidas, quedan listas para dar con todo.

Velas de conjuros y simbolismo

Los símbolos son las señalizaciones creativas de la vida.

Margot Asquith

El simbolismo es un aspecto importante de los conjuros y es necesario utilizarlo. El simbolismo es definido como el uso de símbolos para representar cosas como ideas o emociones. El simbolismo puede ser complejo o deliciosamente simple. La práctica del simbolismo es primordial en todas las religiones, y las brujas y los magos solemos colocar símbolos en nuestro propósito mágico de acuerdo con la situación y nuestra necesidad específica. Lo hacemos de manera instintiva, pues esos símbolos le dan a nuestra mente algo con qué trabajar. De forma real, son los escalones entre nuestros deseos y nuestros sueños, y la manifestación física de nuestra magia.

Grabar la vela de un conjuro con símbolos alineados a la prosperidad y la abundancia es una manera de programar la vela para un propósito en específico. La herramienta física usada como inscripción cambia dependiendo del practicante. Algunas brujas usan un alfiler recto, un palillo de dientes o la punta de un cuchillo de cocina para grabar o inscribir sus velas para conjuros. Yo prefiero usar un cuchillo curvo con la hoja en forma de hoz (la hoja parece luna creciente). Uso el mismo tipo de cuchillo para cosechar mis hierbas mágicas y es filoso, así que siempre me voy con cuidado y con calma cuando lo utilizo. Una hermana del aquelarre usa solo una punta de cuarzo para grabar símbolos en sus velas para conjuros. Todo se reduce a lo que tú prefieras.

Para nuestros propósitos, puedes grabar la vela para el ritual de prosperidad con un símbolo correspondiente como una cornucopia, el símbolo de pesos, un pentáculo, una luna creciente o la runa *Fehu* ($\Uparrow$), que representa la victoria, la riqueza y la prosperidad. O puedes usar el símbolo astrológico del planeta Júpiter ($\p\24$) o el del Sol ($\odot$).

También puedes grabar palabras o frases cortas en la parte lateral de la vela: *buena suerte en mi entrevista* o *trabajo nuevo y mejor*. O *un trabajo que satisface mis necesidades y me hace feliz*. (Tienes razón, para esta última frase necesitarías una vela enorme.) Reflexiona y crea una afirmación positiva y específica.

Una vez que tienes en mente un símbolo o frase —y antes de que empieces a grabar sobre la vela— puedes avanzar al siguiente paso del proceso:

Hechiza las velas para tus conjuros

La magia es creer en ti mismo; si eres capaz de hacerlo, puedes hacer que cualquier cosa suceda.

JOHANN WOLFGANG VON GOETHE

El siguiente paso en la rutina de la magia con velas es el arte de hechizar o bendecir una vela para tu trabajo mágico. Hechizar es "cantarle a". Hechizar algo significa que cargas o llenas el objeto con tu poder personal y tu intención positiva. El proceso del "encantamiento" tiene dos partes, pues primero envías tu energía a la vela cuando la hechizas, y después esa energía programada es liberada al arder la llama de la vela.

Para empezar a hechizar las velas para el conjuro de prosperidad, toma la vela (apagada) entre las manos y concéntrate en ella. Si vas a inscribir algo en ella, hazlo en este momento. Siempre que inscribas o grabes velas mantén tus pensamientos en calma y concentrados en la tarea que estás realizando.

Ahora debes visualizar tus metas de prosperidad. Puesto que el pensamiento es creador y la magia se ve afectada por nuestros estados de ánimo, asegúrate de cambiar tu firma energética por la adecuada. Al estar en un estado positivo ayudas a que tu magia de prosperidad se manifieste de formas eficientes y más constructivas.

Sí, estoy con la cantaleta del "estado de ánimo positivo y feliz". Es importante porque puede marcar la diferencia entre un conjuro que se manifieste de manera suave y otro que solo explote y ocasione problemas.

Aquí tienes una bendición multiusos con las velas para tus conjuros. Toma la vela grabada con las manos y repite el siguiente verso tres veces:

Bendición multiusos con las velas para conjuros

Tomo esta vela para conjuros entre mis manos
le doy poder para que envíe la magia a todos mis hermanos.
Ahora arde con un propósito, brillante y verdadero,
soy bendecido en todo lo que quiero.

Una vez que termines de hechizar la vela, continúa con el hechizo según sea tu rutina regular.

Aprovecha todo el espectro de colores:
magia para la prosperidad con velas de colores

Los colores, igual que las facciones, siguen los
cambios de las emociones.

PABLO PICASSO

El color en la magia se asocia con el elemento fuego. Técnicamente, el color se deriva del espectro de la luz en interacción con la sensibilidad del ojo a los receptores de la luz. El color tiene vida y energía propias. Sabemos que el color influye sobre el estado de ánimo, las emociones e incluso sobre el comportamiento. Es una herramienta poderosa para emplear en transformación.

Mucha gente piensa que el único color de la magia para la prosperidad es el verde. Finalmente, el verde es el color de los dólares americanos y de la tierra, la vida y el crecimiento. Hay algunas brujas por ahí que se exprimieron un poco más el cerebro y usan colores dorados metálicos cuando hacen sus conjuros para la prosperidad y la abundancia, pues este color tiene correspondencia con el sol y el éxito. Pero... ¡hay más! Hay una gama completa de colores que puedes usar en la magia para la prosperidad. Es hora de que uses todo el espectro de colores.

Por ejemplo, el azul eléctrico está asociado al planeta Júpiter, igual que los colores púrpura y verde. Júpiter está ligado a la prosperidad, lo que significa que el azul eléctrico y el púrpura también funcionarán armoniosamente en tus conjuros de prosperidad. Esto está ligado al principio hermético de correspondencia.

La magia sigue vigente después de tanto tiempo gracias a que los sabios han sabido improvisar y adaptarse. Trabajaban con lo que tenían a la mano, con lo que encontraban o lo que fabricaban. Elegir un color específico para la magia de prosperidad te ayudará a afinar tu magia.

Velas de colores para la magia de la prosperidad

Negro: elimina obstáculos y la negatividad.

Dorado: riqueza, fortuna, éxito.

Verde: comienzos, fertilidad; es el color clásico de la magia para la prosperidad y abundancia.

Verde claro: crecimiento, nuevos proyectos.

Rosa: crecimiento, fertilidad, amor por uno mismo, alegría.

Púrpura: poder, habilidad síquica, color de Júpiter.

Rojo: fortaleza, valor, determinación, ayuda a eliminar bloqueos.

Azul eléctrico: flujo, inspiración, color de Júpiter.

Plata: energías astrales, diosa magia, finanzas.

Blanco: vela de color multiusos.

Amarillo: el color del sol, salud emocional, éxito, ganar.

Dos conjuros con velas para el éxito y la prosperidad

¿Por qué razón cada vez que estoy contigo creo en la magia?

ROBERT A. HEINLEIN

Aquí tienes un par de conjuros con velas para que los trabajes y te ayuden a alcanzar tus metas de prosperidad. El primero requiere una vela verde de siete días en vaso y el segundo pide una veladora de color azul brillante.

Conjuro con vela verde en vaso

Momento: para obtener mejores resultados haz este conjuro durante la fase de luna creciente. Los días de la semana correspondientes para este conjuro en particular son jueves (día de Júpiter) o domingo (día del sol).

Elementos y provisiones: necesitas una vela verde de siete días en vaso. Algunas veces, estas velas también se llaman novenas. Usa un marcador morado indeleble o un esmalte de uñas dorado para escribir sobre el vaso el símbolo de prosperidad que hayas elegido. (Es en serio, el esmalte de uñas sirve para los conjuros.) En la página 74 te sugiero símbolos para la prosperidad. Por último, debes buscar un lugar en el que la vela pueda arder sin problema durante siete días.

Céntrate y cambia tu estado de ánimo a uno positivo y alegre. Aquí está la bendición con vela multiusos —con un pequeño ajuste—. ¡Amo las ideas de adaptarse, improvisar y vencer! *Adapta* la bendición para ajustarla, *improvisa* con elementos que tengas a la mano (como el esmalte de uñas) y *vence* cualquier obstáculo que se presente en tu camino.

Ahora, dale poder y hechiza la vela verde en vaso:

Tomo esta vela mágica entre mis manos,
le doy poder para que envíe la magia a todos mis hermanos.
Ahora arde con un propósito, brillante y verdadero,
soy bendecido en todo lo que quiero.

Coloca la vela decorada y encantada en ese lugar que elegiste, en donde pueda arder continuamente sin problema, y enciéndela. Ahora, con intención y propósito, repite el verso del hechizo.

Durante siete días esta magia crece y se desarrollará,
ahora que brilla, cambios positivos realizará.
Expansión y éxito hacia mí es atraído,
la vela arde y yo soy bendecido.
Que esta magia se manifieste de la mejor manera,
trayendo felicidad y gratitud mi vida entera.

Puedes repetir este verso todos los días, por lo menos una vez al día, mientras la vela esté encendida. Dependiendo de la vela que uses, puede arder entre cinco y nueve días. Deja que la vela se consuma en un lugar seguro hasta que se apague solita. Para terminar, cuando la vela se haya extinguido por completo, cierra el conjuro con las siguientes líneas:

> *Abrazo todas las posibilidades,*
> *y puesto que es mi voluntad, así es.*

Recuerda: la vela de vaso debe estar siempre encendida hasta que se consuma sola. Si necesitas moverla a un lugar más seguro mientras estés fuera de tu casa, hazlo. Yo suelo ponerla dentro de mi gran caldero de hierro y acomodo el caldero dentro de la chimenea de ladrillo. Así, la vela no es un riesgo si llega a voltearse dentro del caldero, que es a prueba de fuego. Algunos practicantes ponen sus velas de vaso dentro de la tina del baño o en la regadera, (lejos de cortinas o toallas) o dentro de la chimenea apagada. Quizá tengas que cambiar la vela de lugar durante unos días. Los resultados bien valen la pena la pequeña molestia de encontrar un sitio seguro para que arda la vela.

Cuando la vela se haya consumido, lava el vaso con agua con sal para eliminar cualquier resto de magia y recíclalo.

Conjuro con veladora azul eléctrico

El primer color que se asocia a Júpiter es el azul eléctrico. Algunas fuentes aseguran que también el color púrpura y el verde, pero a mí me gusta la idea de trabajar con el brillante azul eléctrico. Vamos a revolucionar las cosas y a ser creativos. Además, ese intenso tono es muy poderoso, y diferente.

Momento: para obtener mejores resultados haz este conjuro durante la fase de luna creciente. El día de la semana correspondiente para este conjuro en particular es el jueves (día de Júpiter).

Elementos y Provisiones: una veladora de color azul eléctrico. Vas a necesitar algo para inscribir en la veladora. También necesitas un candelero. Las veladoras requieren un candelero tipo taza porque la cera se derrite rápidamente. Por último es necesario que pongas la veladora (con el candelero) sobre una superficie plana para que se consuma durante horas.

Concéntrate y cambia tu estado de ánimo a uno positivo y alegre. Inscribe el glifo de Júpiter (♃) en la veladora y haz el hechizo. A continuación te pongo la bendición del conjuro anterior, pero con una ligera adaptación:

Tomo esta vela azul eléctrico entre mis manos,
le doy poder para que envíe la magia a todos mis hermanos.
Ahora arde con un propósito, brillante y verdadero,
soy bendecido en todo lo que quiero.

Coloca la vela inscrita y hechizada en el candelero y enciéndela, luego, con intención y propósito, repite el verso del conjuro.

Con esta vela encendida del color de Júpiter,
prosperidad y éxito el resultado tienen que ser.
Con el elemento fuego esta magia provoca un cambio,
el éxito y la prosperidad están ahora al alcance de mi mano.
Que esta magia de la mejor manera posible se manifieste,
y felicidad y agradecimiento estén en mi vida siempre presentes.

Deja que la veladora se consuma en un lugar seguro hasta que se apague solita. Las veladoras suelen tardar entre seis y ocho horas en consumirse. Si quieres, puedes observar la llama de la veladora para ver qué te dice sobre el progreso del conjuro.

Piromancia:
lee la llama de la vela de tu conjuro
Al igual que una vela no puede arder sin el fuego,
el hombre no puede vivir sin una vida espiritual.

BUDA

La llama danzante de una vela encendida tiene lenguaje propio y una técnica adivinatoria para entenderlo. La piromancia, o adivinación con fuego, es una de las formas más antiguas de adivinación. Se rumora que los discípulos de Hefesto, el dios griego del fuego y la forja, así como las sacerdotisas de Atenea, la diosa griega de la sabiduría, practicaban piromancia.

Lo único que tienes que hacer en la piromancia es observar la vela de tu hechizo en una habitación tranquila sin corrientes de aire. Mira fijamente a la llama y observa con atención. Esto te dará una pista de cómo está funcionando el conjuro con velas que hiciste. ¡Por fin tenemos la razón perfecta para nunca volver a dejar desatendida la vela encendida de un conjuro!

Para comenzar con la adivinación siéntate por lo menos a dos metros de distancia de la llama de la vela y relájate. Parpadea normal —no es un concurso de a ver quién parpadea primero—, ¡se supone que es algo divertido! También, gran parte de la piromancia es notar si la vela está "de cháchara," así que escucha con cuidado. Quizá necesites practicar un poco, pero en serio, si pones atención y te das cuenta de la manera en que tu vela está comportándose, ya llevas medio camino recorrido. La adivinación se da al notar el color, la forma y los sonidos de la llama de la vela del conjuro.

Aquí tienes un conjuro de piromancia para ayudar a que te pongas a tono. Cuando empieces a observar la vela encendida de tu conjuro, repite tres veces el siguiente conjuro:

Velas que parpadean y llamas que danzan,
la verdad con una sola mirada enséñenme.
Por el sonido de las llamas, su forma y su tono, prevean
cómo resultará mi magia, díganme.

La siguiente es una lista para que puedas descifrar la llama de tus velas. Las velas de conjuros que tienen...

- **llamas que chisporrotean y crujen**, te dicen que alguien más está afectando el resultado de tu conjuro.

- **llamas que parlotean suavemente**, te dicen que tu magia está afectando las cosas a nivel personal.
- **llamas que parlotean fuerte**, indican que se aproximan discusiones.
- **llamas fuertes y rectas**, indican que existe mucho poder y energía en tu conjuro.
- **llamas que brincan**, te dicen que hay mucha energía con la que el conjuro tiene que trabajar y que se han desatado emociones profundas con el conjuro.
- **llamas débiles**, quieren decir que hay resistencia a tu conjuro; hazlo de nuevo.
- **llamas de color azul brillante**, simbolizan que hay un espíritu cerca.

La magia de la manifestación

La buena noticia es que en el momento en que
decides que lo que sabes es más importante que lo
que te han enseñado a creer, habrás dado la vuelta
al volante en tu búsqueda de la abundancia.
El éxito proviene del interior, no del exterior.

Ralph Waldo Emerson

Hacer conjuros de prosperidad y magia con velas es una manera perfecta de comenzar, pero necesitas respaldarla con trabajo físico dirigido a tu objetivo si quieres ver que la magia se manifieste. No hay pretextos, aquí no toleramos a los magos que se quedan observando.

Llegó el momento de que te levantes y prepares tu futuro exitoso. ¡Despégate del sillón y trabaja para crear los cambios que deseas! Confirma tu magia con acción en el plano físico. Sí, usa esos conjuros —y luego llena solicitudes de trabajo y dales seguimiento—. Después hechiza tu currículo y haz magia personal para hacer que destaques de los otros solicitantes en la entrevista. Si eres tu propio jefe, entonces trabaja para hacerle promoción a tu negocio o producto y atrae a los clientes hacia ti.

Trabajar de manera activa en mancuerna con tu magia en el plano físico impulsará la magia y le permitirá llegar más lejos, lo cual te ayudará a mantener esa energía positiva en constante movimiento —y esto ayuda a eliminar la resistencia a que se concrete de manera exitosa—. Al fin y al cabo, la magia se manifiesta siguiendo el camino que ofrezca menor resistencia.

Entender tus sueños y tus metas, y decidirte a perseguirlos requiere energía y motivación. Atreverte a crear magia para lograr la transformación es una aventura en sí misma. Darle seguimiento con acción en el mundo físico mantiene la transformación y el cambio positivo en movimiento. Y esto hace que se combine la energía física con la magia, lo cual permite a su vez que experimentes la manifestación de la abundancia sana y la prosperidad.

En este tercer capítulo estudiamos la energía y la transformación que brinda a tu magia de prosperidad el elemento fuego. Ahora estás motivado y listo para ponerte a trabajar en los planos mágico y mundano. Sé entusiasta y positivo, y ve qué manifiestan en tu mundo la magia y tu trabajo arduo. ¡Deja que tu luz brille!

Para continuar, seguimos manteniendo el hechizante flujo al zambullirnos en el mágico elemento agua. Respira hondo —¡ahí vamos!

Capítulo 4

Agua:
deja que fluya la prosperidad

*La Diosa nos dice que la riqueza está en todos
lados y que siempre viene hacia nosotros,
igual que las olas llegan a la playa.*

STACEY DEMARCO

DESPUÉS DE HABER terminado los tres primeros capítulos, ya hemos comprendido los principios elementales de la magia para la prosperidad. Hemos ajustado nuestro estado de ánimo y nuestra felicidad y estamos construyendo formas de pensamiento positivas. Comenzamos a trabajar con la magia para la prosperidad y estamos permitiendo que la transformación y la manifestación traigan luz a nuestra existencia. Ahora es necesario que mantengamos el fluir de la magia y nuestra prosperidad: llega el elemento agua.

La energía mágica de la prosperidad puede describirse como fluida y expansiva. Si una bruja está abierta a diversas posibilidades, esa energía siempre encontrará la manera de manifestarse. Al igual que el elemento agua, la prosperidad no tiene límites. Siempre hay suficiente. Lo único que debes hacer es fluir con ella y no luchar en su contra. La prosperidad es flujo de energía. La verdad es que este tipo de magia elemental no se trata tanto de dinero como de tu energía personal y la manera en que interactúas con tu medio ambiente. Entonces, es aquí donde afinamos el movimiento de esa energía y hacemos que siga fluyendo.

Sumérgete en una nueva idea de prosperidad y su magia. El dinero es energía. En economía, el dinero es un medio para intercambiar valores. En inglés también se le llama *currency*, la palabra *current* (corriente) se refiere al movimiento del aire, de la electricidad y del agua. Ya sea un chorrito, una corriente, un arroyo o una corriente de energía, tiene un patrón circular. Esta corriente energética es una parte importante de todo lo que hacemos y experimentamos. Cuando la aprovechas y trabajas bien con ella, entonces fluyen la felicidad y la satisfacción.

El Dios y la Diosa controlan el flujo de todo lo que existe. Así que, si comienzas a pensar en que la prosperidad es algo divino y que proviene de los dioses, entonces aprenderás a hacer que funcione y a confiar en ella. Al trabajar con el elemento agua en la magia para la prosperidad puedes fluir con esa energía elemental para crear los cambios que deseas.

La energía para la prosperidad está hecha para fluir. Por ejemplo, visualiza esa energía fluida como un cuerpo de agua. Si se queda quieta, sin movimiento o sin vida, se estanca. Sin embargo, cuando esta energía fluida tiene movimiento y actividad, entonces está oxigenada, saludable y llena de vida. Cuando las cosas fluyen en tu vida sientes como si estuvieras en una buena racha. Hay movimiento hacia delante y la vida parece que es mágica.

Mientras más energía divina circule en tu vida, esta se vuelve más rica y feliz —no solo a nivel económico, sino también espiritual—. Todos tenemos la oportunidad de transformar nuestra vida y volvernos prósperos. Ríe y disfruta tu vida. Salpica, juega y permite que el gozo divino te sature.

Si quieres comenzar a trabajar en este momento con esa energía divina, saluda a un par de diosas asociadas al elemento agua, a la prosperidad, al gozo y a la riqueza: Lakshmi y Yemayá. Conócelas, haz magia con ellas y regocíjate en la corriente de felicidad que traen a tu vida.

Lakshmi: diosa hindú de la prosperidad y la riqueza

Debes ser una flor de loto abriendo sus pétalos
cuando el sol se eleve en el cielo...

SAI BABA

Lakshmi es la diosa hindú de la prosperidad material y espiritual. Es la diosa de la abundancia, la riqueza, la luz, la sabiduría, la fortuna, la fertilidad, la generosidad, el valor y la buena fortuna. ¡Es una deidad ocupada! Hoy en día, Lakshmi es venerada activamente por millones de devotos y es una de las diosas más populares en el firmamento hindú. Se considera que es la personificación de la gracia y el encanto, se representa como una hermosa mujer sonriente que viste un sari rojo. Lakshmi tiene cuatro brazos y un largo cabello oscuro y ondulado. Es representada de pie o bailando sobre un botón de flor de loto que flota en el agua. Sus cuatro brazos siempre están en movimiento, son simbólicos —uno por cada una de las cuatro direcciones— y demuestran que está distribuyendo riqueza. También representan su omnipotencia.

La palabra *Lakshmi* proviene de la palabra en sánscrito *Laksya*, que significa "meta." Es conocida como diosa del hogar o deidad doméstica. En algunas provincias, la fiesta de Lakshmi es durante el otoño, cuando la luna es más brillante —en otras palabras, la luna de la cosecha—. Se cree que, durante esa noche, desciende sobre su búho blanco sagrado para eliminar la pobreza o el estancamiento de nuestra vida. Lakshmi usa sus vuelos nocturnos con el búho para bañar a sus devotos con abundancia y riqueza. Es más, se considera que el mes de octubre está consagrado a Lakshmi, y en su Festival de las Luces, llamado Diwali, se dejan ofrendas de comida, dulces y flores como caléndulas.

Esta diosa de la prosperidad es diferente de otras deidades, pues está asociada al elemento agua. Sí, leíste bien: no dije elemento tierra, sino *agua*. Aunque quizá te parezca sorprendente, si piensas en su iconografía, entonces no te lo parecerá. Abre tu mente a un firmamento diferente. El agua es vida. El agua lleva fertilidad a la tierra y ayuda a que crezcan las cosechas y a que las plantas den frutos. La riqueza puede interpretarse de diferentes maneras. Para mí, está bien la asociación del elemento agua con Lakshmi. Además, según la mitología, nació del "océano de leche," lo cual explica su vínculo a la magia de la fertilidad, y suele ser representada rodeada de agua, de pie, sobre una mística flor de loto.

El loto es un símbolo clásico de fertilidad, pues esta flor toma su fuerza del agua. La flor también representa el poder espiritual y el crecimiento personal, además de que encierra un misterio. Notarás que, aunque el loto flota en el agua, no está mojado, lo cual es una lección espiritual de Lakshmi: disfrutar de la riqueza que brinda, pero sin ahogarse en la obsesión de obtenerla.

Lakshmi está asociada a dos criaturas diferentes: el búho blanco, como mencioné antes, por su visión y su inteligencia cuando viaja con ella por las noches, y los elefantes blancos. En India, los elefantes son símbolo de poder real, y el elefante blanco representa la pureza. Muchas veces se le representa rodeada de cuatro elefantes blancos. Los paquidermos simbolizan las cuatro direcciones, la soberanía y lo mejor es que atraen la lluvia.

Según la mitología hindú, en una ocasión, todos los elefantes blancos volaron hacia el cielo como nubes y se llenaron de agua. Un día, algunos cayeron accidentalmente a la tierra y así perdieron sus alas. Estos elefantes terrestres siempre han deseado reunirse con sus hermanos en el cielo, los que bañan a la tierra con la lluvia que da vida. Entonces, lo más parecido que los elefantes terrestres podían hacer era rociar agua con sus trompas y así simular lluvia. Cuando son representados con la diosa Lakshmi, suelen tener las trompas en alto y están detrás de la diosa echando agua/lluvia como una especie de saludo.

Para las brujas modernas, Lakshmi es una diosa madre asociada con la fase de luna llena. Siempre que he trabajado magia con Lakshmi, he notado que su magia se manifiesta de manera delicada y suave. Su influencia se siente rápidamente, en especial cuando te aseguras de ser generoso con los demás, pues ella es generosa contigo y los tuyos.

En cuanto a la manera en que su magia se manifiesta, imagínate que tu vida se llena suavemente de descargas leves, buena suerte, energía positiva y magia, y trae prosperidad a tu mundo. Su presencia es reconfortante y su comportamiento es elegante. Lakshmi responde muy bien, sobre todo a peticiones mágicas honestas y honorables relacionadas con cuestiones de prosperidad y abundancia que impliquen el bienestar de la familia.

La bruja que quiera saber más sobre las correspondencias mágicas de Lakshmi, solo necesita observar el arte en el que es representada. Para empezar, viste un sari rojo y el color rojo representa actividad. Su traje tiene un bordado dorado y ese color significa plenitud y riqueza material. Lakshmi tiene una corona real dorada con rubíes, también porta collares de perlas y joyería dorada.

Lakshmi mantiene la promesa de la satisfacción material y la alegría, y para demostrarlo, de su mano izquierda siempre caen monedas doradas. Este gesto demuestra que proporciona prosperidad, riqueza y alegría a todos sus devotos.

Correspondencias de Lakshmi

Aspecto de Diosa: madre

Fase lunar: llena

Planeta: Venus

Elemento: agua

Colores: rojo, dorado

Flor: loto, caléndula

Cuarzos y gemas: rubíes o perlas de menor calidad (la joyería de perlas funciona bien)

Metal: oro

Animales asociados: búho blanco, elefante blanco

Otros elementos: monedas, en especial doradas

Objetivos mágicos: prosperidad, abundancia, fertilidad, generosidad

Un conjuro para la prosperidad con Lakshmi

Momento: Realiza el conjuro durante la luna creciente o en la noche de luna llena.

Provisiones sugeridas e indicaciones: para este conjuro consigue una imagen de la diosa Lakshmi. Haz una búsqueda en internet e imprime la imagen que más te guste. Por ejemplo, yo encontré una muy linda, la imprimí y la puse en un marco pequeño para usarla como foco de atención en el espacio donde practico la magia. Añade al conjuro una moneda dorada o un billete de dólar; dos velas pequeñas, una roja y una dorada con dos candeleros. También necesitas un plato pequeño con agua y unas cuantas caléndulas del jardín o un botón de flor de loto seco. (En las tiendas de brujería encuentras flores de loto).

Consulta el cuadro anterior de correspondencia para tener más ideas y esfuérzate para que el altar te quede lo más bonito que puedas. Acomoda como más te guste los accesorios alrededor de la imagen central de Lakshmi.

Tradicionalmente, las peticiones a Lakshmi se hacen repitiendo tres veces la frase "Om Ganesha". Ganesha es la deidad con cabeza de elefante que quita los obstáculos y es honrada al abrir los rituales y las ceremonias. Después de invocar a Ganesha puedes continuar con el conjuro. En los rituales, el tratamiento a Lakshmi es "maha Lakshmi". Te preguntarás, ¿por qué? Pues porque *maha* significa "gran." Es una manera de mostrar respeto y amor a Lakshmi.

Para empezar, tranquilízate y concéntrate, estudia su imagen con detenimiento. Deja que su rostro sonriente te llene de calor y felicidad. Enciende la vela roja y la vela dorada. Después repite la invocación y el verso del conjuro:

Om Ganesha
Om Ganesha
Om Ganesha
Hermosa diosa bailarina de la riqueza, la suerte y la prosperidad,
concédeme buena fortuna. Pido tu ayuda, maha Lakshmi.
Permite que las monedas doradas, el dinero
extra y la abundancia lleguen a mi realidad.
Rodéame con tu amorosa presencia, bendíceme día y noche.
Devolveré esta amable gentileza que me muestras,
ayudando a los demás cuando pueda; es mi deseo, es la verdad.

Deja que las velas del conjuro se consuman hasta que se terminen solas. No olvides vigilarlas. Deja el altar puesto con la imagen de Lakshmi durante una semana, cambia las flores y el agua conforme sea necesario. Si quieres, cada día enciende velas pequeñas nuevas para ella durante la semana. Cuando la abundancia comience a fluir a tu vida, recuerda que es tu turno de ser generoso con los demás.

¡Bendito seas!

Yemayá:
la diosa de los siete mares

El agua es la fuerza motora de toda la naturaleza.

LEONARDO DA VINCI

Yemayá es la orisha de los mares y los ríos. Es un espíritu de la naturaleza representada como una hermosa sirena negra conocida por su generosidad, por proteger a las mujeres, por su amabilidad y su influencia amorosa. Su culto se originó en África como la diosa del río Yoruba, en Nigeria. Ella parió al sol y a la luna y a todas las aguas; se le llama Madre de los Peces y diosa de la fertilidad. Sus devotos la llevaron con ellos cuando fueron trasladados como esclavos a tierras lejanas. Yemayá los protegió y les ofreció esperanza. Eventualmente, el culto a Yemayá se extendió al Caribe y Brasil.

Yemayá tiene varios nombres y títulos. Entre las variantes de su nombre están Yemaja, Yemanja, Iemanja, Janaina, La Sirène y Yemanyá. También se le llama Stella Maris, la Estrella del Mar, Nuestra Señora de la Regla y la Madre de los Peces. Yemayá simboliza el flujo de la vida; así como el océano, ella nos ayuda a avanzar fácilmente en la vida y a tener cambios amorosos y positivos.

Conforme se extendió su culto, Yemayá adoptó distintas formas en diferentes culturas. En el vudú se le considera una diosa de la luna. En la santería es la madre de todas las cosas vivas y la diosa de los siete mares. En Brasil se le honra en el solsticio de verano como la patrona de los pescadores y la Madre de los Océanos. En la noche de Año Nuevo, en Río de Janeiro, la gente se viste de blanco y se reúne a la orilla del mar para recibir al nuevo año y rendir homenaje a la diosa del mar. En la playa ponen altares con velas y echan fuegos artificiales, y a media noche sueltan botes pequeños de madera o avientan flores blancas al mar como ofrenda a la diosa, con la esperanza de que "Iemanja" les conceda lo que le piden.

Se cree que el dominio del océano de Yemayá está en los niveles superiores del mar, donde la luz del sol calienta el agua y hace que se evapore. Su hija, Oya, el viento, lleva la humedad a la tierra en donde sopla y se convierte en nubes para que llueva sobre las cosechas.

Correspondencias para Yemayá

Aspecto de Diosa: madre

Fase lunar: creciente, llena

Planeta: Neptuno

Elemento: agua

Colores: azul, blanco, plateado

Flor: rosa blanca

Cuarzos y gemas: turquesa, coral, perlas

Animales asociados: aves marinas, delfines, peces

Símbolos: estrella de seis picos, conchas de mar (en especial cauri)

Número: siete (los siete mares)

Ofrendas: rosas blancas, cuentas de vidrio azules y transparentes, melón, barquitos pequeños de madera, centavos de cobre, melaza

Objetivos mágicos: generosidad, fertilidad, buena fortuna, éxito

Magia del mar y el río: invoca a Yemayá para tener éxito

Cuando trabajas con Yemayá necesitas hacer una ofrenda. Debe ser algo que la diosa disfrute o algo con lo que se le asocie. Y en el sentido más puro de la palabra, se lo ofrecerás como regalo y no volverás a tomarlo.

Debes confiar en que ella hará con él lo que considere conveniente. Yo he sido testigo. El año pasado fui a Florida de viaje de aniversario con mi esposo. Estábamos caminando en la playa al amanecer. Nos encontramos muchas rosas blancas atadas con listones azules que el mar había sacado en un pedazo de la playa. Mi esposo se agachó para recoger una rosa, pero rápidamente le detuve la mano antes de que la tocara.

"Es mejor que la dejes donde está", le sugerí en voz baja.

Quitó la mano y volteó a verme, preguntó: "¿cosas de brujas?".

Un poco más adelante en la playa había restos de un altar excavado en la arena y había cabos de velas. Lo señalé para que mi esposo lo viera y sin decir nada, dejamos esas hermosas rosas donde estaban. Cuando regresamos sobre nuestros pasos, una hora después, el mar se había llevado otra vez las rosas y los cabos de las velas y el altar de arena ya no estaba.

Momento, provisiones e indicaciones: para obtener mejores resultados haz este conjuro durante la luna creciente. Conforme crezca la luna, también crecerá tu prosperidad.

Para hacer este conjuro tienes que estar en un lugar específico en la orilla del agua. También tendrás que meterte al agua, así que ten cuidado y no te alejes mucho; está bien que el agua te llegue a los tobillos o a las rodillas. Quédate lejos de la marea o las corrientes fuertes. Si tienes que permanecer en la orilla del río o afuera del mar, está bien —solo asegúrate de que puedas aventar la ofrenda floral bien adentro del agua.

Para la ofrenda floral necesitas siete rosas blancas atadas con un listón azul. Tienen que ser flores verdaderas. El listón no necesariamente debe ser largo, que sea corto y hazle un moñito. Te recomiendo usar un listón de satén de cinco milímetros, del ancho suficiente para atar las flores. Procura que sea lo más biodegradable que puedas.

Métete al mar y espera a que revienten siete olas a tus pies, después entrégale el ramo a Yemayá aventándolo suavemente al agua. (El conjuro sirve para el mar o para el río).

Después de entregarle el ramo, pídele ayuda con el siguiente verso:

Hermosa diosa Yemayá, estrella del mar,
acepta mi sincera ofrenda y mi súplica has de escuchar.
Siete rosas sobre las olas del agua te vengo a dejar,
te pido éxito a mi vida de formas maravillosas enviar.

Por el elemento agua, este conjuro está hecho,
la prosperidad fluye hacia mí y seguramente durará mucho.

Deja que las rosas floten o se hundan conforme se alejan, déjalas para Yemayá. Salte del agua y vete a casa.

Ya que estés en tu casa puedes reforzar tu magia con una vela flotante de color azul o blanca. Enciende la vela y déjala flotar en un recipiente de vidrio transparente. Usa el verso del conjuro anterior y cambia la tercer línea por, "Siete rosas te he ofrecido sobre las olas del agua..." Termina el resto del conjuro como está y ya. Deja que la vela flotante se consuma en un lugar donde no represente peligro, y limpia todo.

¿No tienes el mar cerca?
¡No importa!

Es sabia la persona que se adapta
a las contingencias;
es el necio el que lucha siempre
como nadador en contra de la corriente.

Autor desconocido

Ahora, si no tienes acceso al mar o a un río, de todas maneras puedes trabajar con Yemayá. Yo vivo en donde se encuentran los dos ríos más grandes de Estados Unidos: el Misisipi y el Missouri. Aquí nadie puede caminar por el agua del río porque las corrientes son peligrosas. Si tengo suerte, cada dos años puedo ir a la playa... y ¿qué puede hacer una bruja? Pensé que nunca preguntaría eso. Para las brujas, adaptabilidad e inventiva es nuestro segundo nombre.

Suelo trabajar con Yemayá en el jardín de mi casa. Sabemos que le gustan las flores, así que intenté evocarla en mi casa y funcionó muy bien. La invoqué con éxito durante una sequía para que bendijera el jardín, el vecindario y el condado, con una gran necesidad de lluvia. Y sí, por si te lo preguntabas, soy muy cuidadosa cuando se trata de magia con el clima.

Y Yemayá también es buenísima en cuanto a estimular tu espiritualidad y es muy generosa con las brujas que le piden ayuda de manera correcta y respetuosa con la ofrenda adecuada.

He descubierto que Yemayá puede ayudarme a volver a conectar con el Divino. También te bendice con un espíritu amoroso y generoso. Este estímulo espiritual puede ayudarte a ser positivo y a trabajar con el flujo de magia que te rodea. Si quieres experimentarlo, checa el siguiente conjuro:

Conjuro a Yemayá de estímulo espiritual

Momento: para obtener mejores resultados, haz este hechizo durante la luna creciente. Tu conexión con la diosa crece como la luna.

Provisiones:
- un recipiente de vidrio transparente lleno de agua.
- una vela flotante de color azul o blanca, en forma de flor.
- conchas de mar (de cualquier tipo, aunque sus favoritas son caracolas y cauri).
- cuentas de vidrio de color azul, transparente y blanco, o canicas planas o gemas de vidrio (busca las gemas de vidrio en las tiendas de brujería).
- una ofrenda biodegradable (unas cuantas rebanadas de melón son perfectas).

Indicaciones: cuando salga la luna coloca el recipiente con agua en un lugar del jardín donde le dé la luz de la luna. Tómate tu tiempo para que el área del altar se vea bonita. Esparce unas cuantas gemas o cuentas de vidrio en el fondo del recipiente o fuera de él, alrededor. Acomoda las conchas en el contorno del recipiente. Pon el melón en un platito y ponlo al lado.

Enciende la vela flotante y repite el siguiente verso:

Yemayá, te invoco cuando la luna crece,
que la luz de la vela bendiga esta tranquila y transparente agua.
Estrella del mar, tu amorosa magia está en todos lados florece
que se manifieste ahora por el fuego, el aire y el agua.

Ahora toma la ofrenda del plato con el melón y déjalo en el jardín mientras dices lo siguiente:

Espíritu generoso que esta noche invoco,
Señora, un regalo, que sea agradable para tus ojos te ofrezco.

Con reverencia, pon el plato en el suelo. Regresa al altar para cerrar el conjuro. Di:

El conjuro está hecho por mi mano,
que se manifieste en mi entorno.

Sin desatender la vela, deja que se consuma. Si necesitas ir al exterior para terminar, hazlo. Cuando la vela se haya extinguido vierte el agua del recipiente sobre la tierra y limpia los otros objetos del conjuro.

Deja que la naturaleza reclame los trozos de melón cuando lo considere conveniente, ¡no los quites tú! Los pájaros y los insectos van a estar felices con ellos, deja que la naturaleza haga su trabajo. Cuando el melón haya desaparecido del jardín, quita el plato y lávalo, guárdalo para otra ocasión.

Que Yemayá te bendiga con un sentido renovado de espiritualidad y propósito mágico.

Realización del deseo

Nuestros deseos más profundos son
murmullos de nuestro verdadero ser.

SARAH BAN BREATHNACH

Carta de las nueve copas del tarot de las brujas

Aquí tienes otro conjuro que se hace con velas flotantes y también con imágenes del tarot.

El Nueve de Copas es una carta de encantamiento. En mi tarot para brujas, la carta muestra nueve copas de plata acomodadas en arco sobre la mesa de un banquete. Detrás de la mesa hay una hermosa mujer de pie que viste de color azul brillante y verde, sonríe satisfecha mientras vierte vino en una de las copas, como si estuviera invitándote al banquete. La anfitriona tiene unas plumas místicas de pavo real en el cabello y una flor azul; alrededor del cuello tiene un collar de nueve piedras.

El mantel de la mesa es de color azul agua y está decorado con estrellas de mar y conchas, como vínculo visual al elemento agua. Sobre la mesa hay un arreglo de piñas, uvas, manzanas y una calabaza; la fruta está dispuesta con ingenio, como si fuera para una celebración. La piña es un símbolo clásico de hospitalidad. La calabaza, las manzanas y las uvas hablan de la abundancia de la cosecha de la temporada; la calabaza se asocia con la luna y el elemento agua. En el fondo se ve un caldero —símbolo clásico de la Diosa— sobre el fuego de una chimenea.

Cuando en la lectura del tarot aparece el Nueve de Copas simboliza hospitalidad, abundancia y celebraciones. También se conoce como la carta de los "deseos cumplidos". El simbolismo de esta carta es de sueños hechos realidad, de logro de metas y del disfrute de los placeres de la vida. Hay felicidad y seguridad financiera, y el deseo de tu corazón puede cumplirse. La carta del Nueve de Copas es perfecta para la magia para la prosperidad alineada con el agua, pues ilustra que sucederá lo que visualizamos.

Conjuro con el nueve de copas del tarot

Momento: haz este conjuro durante la fase de luna creciente. Conforme la luna crece, también tus sueños. El momento más oportuno para hace este conjuro es el viernes —el día de Venus—. El viernes es un día alegre, lleno de emociones amorosas, y es ideal para este conjuro en particular.

Provisiones: para este sencillo conjuro solo necesitas unas cuantas provisiones: una vela flotante de color azul, un encendedor, un recipiente de vidrio con agua limpia, la carta del Nueve de Copas del tarot y una superficie plana y segura.

Indicaciones: coloca el recipiente con agua y la carta del tarot sobre el altar. Enciende la vela flotante y concéntrate en la carta del tarot. Visualiza las metas personales que quieres conseguir. Mírate feliz y próspero —tus sueños y tus deseos están volviéndose realidad—. Ahora repite tres veces el verso del conjuro:

La carta del Nueve de Copas de ahora en adelante será
un hermoso símbolo de prosperidad.
Mis deseos y sueños serán concedidos, es verdad.
Esta magia comienza con una vela color azul que flotando arderá.

Cierra el conjuro diciendo:

Por el bien de todos, en perjuicio de nadie hecho,
por la magia del tarot, este conjuro está hecho.

Deja que la vela flotante se consuma en un lugar seguro. Cuando se termine vierte el agua del recipiente sobre la tierra y limpia todo. Pon la carta del Nueve de Copas debajo de tu almohada. En tus sueños se te puede revelar más información sobre el conjuro. Puedes quedarte unos días con la carta del Nueve de Copas para que la veas y recuerdes tu magia, o puedes guardarla en el mazo. Como tú quieras.

Feng shui y prosperidad con agua

Ningún ser humano, por más grande o poderoso
que fuera, ha sido tan libre como un pez.

John Ruskin

Para cerrar este capítulo referente al elemento agua pensé que sería divertido trabajar con el *feng shui* y su maravillosa energía para añadir prosperidad al medio ambiente de tu hogar. En la tradición del *feng shui*, la prosperidad aumenta al incorporar a tu hogar agua en movimiento; poner agua en movimiento en tu casa se considera una "cura". El agua representa la energía femenina (yin); es una energía tranquila, suave y neutral. Los colores usados tradicionalmente en el *feng shui* para la energía del agua son negro y azul. Una de las maneras más sencillas de hacerlo es colocando una pequeña fuente de interior.

Las fuentes de interior son una de las curas de agua más comunes. Pero, puesto que mi gatita Brianna vive dentro de mi casa, tuve que desechar la idea de tener una, por más bonita o pequeña que fuera. Nuestra gata usaría la fuente como si fuera su plato de agua, seguro, así que no era opción. Lo que sí me llamó la atención en la práctica del *feng shui* fue poner una pequeña pecera.

Si quieres incorporar esta idea de *feng shui*, pon una pequeña pecera en la esquina sureste de tu casa u oficina. En *feng shui* se recomienda que no sea grande. La esquina sureste de una habitación o de una casa es muy importante porque es el área de la riqueza y la abundancia. Sin embargo, si la esquina sureste no es una opción viable, no te preocupes: hay más opciones. Por ejemplo, el área norte simboliza la carrera y el área este es la de la salud y la familia.

En el *feng shui*, el elemento agua simboliza alimento, riqueza, y flujo de la vida. Puesto que las bombas dentro de la pecera mantienen limpia el agua y en circulación, se crea una energía positiva y también atrae un *chi*, o energía, nuevo y positivo. Detalle importante: el agua en movimiento y la circulación dentro de la pecera estimulará el creciente flujo de prosperidad hacia tu casa.

Las peceras con peces representan una combinación de energía del agua y energía viva. En el *feng shui*, los peces son considerados como símbolos de riqueza y felicidad. Es interesante que la cantidad de peces que haya dentro de la pecera también tiene un significado simbólico. Por ejemplo, tres peces simbolizan crecimiento y desarrollo. Seis peces representan riqueza y prosperidad. Ocho peces significan dinero y estabilidad financiera. Por último, nueve peces significan una vida larga y feliz.

Si decides que haya nueve peces entonces se sugiere que ocho sean peces dorados y uno sea negro. La razón es que los peces dorados atraen prosperidad y el pez negro recoge la negatividad del hogar y la elimina. No importa la cantidad de peces que decidas poner en la pecera, se recomienda que sean de colores brillantes.

Es fácil incorporar los cinco elementos del *feng shui* en la pecera. En la tradición del *feng shui*, los cinco elementos son agua, madera, metal, tierra y fuego. El agua, obvio, está en la pecera, la madera está en las plantas de la pecera. El metal se añade usando piedras blancas o grises o una base de hierro sobre la cual se coloca la pecera. Para la tierra, tienes la gravilla del fondo de la pecera y el elemento fuego se añade con la luz de la pecera y con peces de colores rojo, anaranjado y amarillo.

Esta idea me gustó tanto, que le pedí a mi esposo que buscara la pecera, que la armara y la pusiera en mi oficina. La coloqué en la esquina sureste, y me parece muy bonito y tranquilizante ver nadar a los peces. Y a la gata también le encanta —¡entretenimiento para gatos añadido!

Procura que la pecera siempre funcione correctamente, que tenga una tapa que cierre bien y mantenla limpia. Si quieres usar esta cura de *feng shui* en tu casa o en tu oficina para aumentar la prosperidad, te doy un conjuro para bendecir tu nueva pecera.

Bendición de bruja para tu pecera nueva

Coloca las manos sobre la pecera ya terminada. Observa a los peces nadar durante un momento. Concéntrate y crea formas de pensamiento positivos que afirmen la vida. Eleva tu energía personal, deja que fluya desde tus manos hacia la pecera y di:

> *Conforme el agua de la pecera burbujea, circula y fluye,*
> *la prosperidad viene a mí, mi corazón así lo intuye.*
> *Pequeños peces, naden y añadan su chi positivo*
> *flujo de agua, haz tu magia y ¡envíame éxito efectivo!*
> *Por la energía del feng shui, este conjuro*
> *báñame con riqueza y haz que la magia dure en mi provecho.*

Capítulo 5

Atrayendo abundancia

La abundancia no es algo que se adquiere,
es algo con lo que estamos en consonancia.

WAYNE DYER

¿Y POR QUÉ el capítulo sobre atraer abundancia está a la mitad del libro? La respuesta es muy sencilla. En la mayor parte de los cuatro capítulos anteriores estuvimos trabajando en magias activas y proyectivas en las que te preparas para crear un cambio de manera eficaz. Para ello es necesario reconstruir tus cimientos mágicos y ajustar tu vibración energética y emocional. Comenzamos a trabajar de forma entusiasta con conjuros elementales para echar a rodar esa energía próspera.

En el caso de las energías mágicas proyectivas, tú persigues tu meta. Tú haces que suceda el cambio positivo. La energía activa y proyectiva requiere de confianza. Todos tenemos la capacidad de crear abundancia; lo que es importante recordar es que tenemos la habilidad de hacerlo y no solo de intentarlo. Has sido constante y entusiasta en tu deseo por mejorar tu mundo. Para ello se requiere voluntad personal y de corazón.

Con las energías receptivas y magnéticas aprenderás a atraer prosperidad y abundancia positiva a tu vida. Magnetizarás la energía, la atraerás y permitirás que se manifieste. Las energías receptivas y magnéticas requieren franqueza, vulnerabilidad, confianza, paciencia, fomentar y estar dispuesto a relajarte y aceptar.

En mi caso particular, mi mayor reto es ser receptiva y *condescendiente*, cuando se trata de hacer conjuros. Soy impaciente por naturaleza y prefiero mil veces estar en acción y poner manos a la obra que ser paciente y tolerante. Pero todo el mundo necesita hacer cambios y aprender cosas nuevas. Como dice Richard Bach, lo que mejor enseñas es lo que más necesitas aprender.

Abundancia:
¿qué es en realidad y cómo la consigo?

Abundancia es ser rico, con o sin dinero.

SUZE ORMAN

La abundancia tiene significados diferentes para distintas personas. La abundancia puede ser económica, física, emocional o espiritual. La palabra *abundancia* suele usarse de manera indistinta con prosperidad, pero ¿son lo mismo? Honestamente, abundancia no es lo mismo que dinero; el dinero es solo un símbolo. El dinero es energía y, efectivamente, si tienes una relación sana con el dinero, debes respetar y agradecer su energía.

Pero la verdad es que la abundancia es un estado mental, una forma de pensar, una manera de vivir y de ser. La abundancia no solo encierra dinero sino todas las formas de riqueza. Y por riqueza me refiero a desparramar amor, paz, salud, gozo y felicidad.

Piénsalo así: la palabra abundancia proviene del latín *abundare*, que significa "desbordar". Hoy en día, se le define como cantidad más que suficiente, riqueza o bastante.

Lo que no debes olvidar es que tú eres la fuente de tu propia abundancia. Céntrate en cuáles son tus metas mágicas y atráelas hacia ti mismo. Los pensamientos que están impregnados de intención mágica le dan energía a tus formas de pensamiento positivas e impulsan tu magia hacia el mundo. Ahí comienzan a manifestarse y a crear los cambios positivos que deseas.

En esencia, es una manera más íntima de trabajar con los principios herméticos de polaridad y género. En este capítulo veremos la energía masculina y femenina, y trabajaremos para equilibrarlas de manera constructiva, sin olvidar que tu energía debe estar tranquila, neutral y centrada. Mientras más la controles, tu magia podrá crear con más facilidad los cambios por los que estás trabajando y que tienes en mente. Reafirma todos estos pensamientos en tu mente porque el *pensamiento crea*. Tiene sustancia y, algo muy importante: el pensamiento es magnético.

¿Cómo te vuelves magnético?: abraza tus energías receptivas

Creo que existe un magnetismo sutil en la naturaleza, el cual, si nos rendimos a él de manera inconsciente, nos dirigirá de manera correcta.

HENRY DAVID THOREAU

Se considera que el poder magnético es energía receptiva. Atraer abundancia positiva a tu vida es volverte magnético para la prosperidad, atrayendo abundancia. Entonces puedes permitir que esa energía abundante y exitosa inunde tu mundo. Este tipo de energía receptiva está clasificada como femenina, puesto que atrae hacia sí misma lo que más desea. Cada persona, hombre o mujer, es una maravillosa mezcla de ambas energías masculina/proyectiva y femenina/receptiva.

Cuando una persona es magnética, posee un poder extraordinario de atracción. Es capaz de atraer lo que más desea y aquello por lo que está dispuesta a trabajar —un cambio positivo, prosperidad, abundancia positiva... lo que sea que más desee—. Las brujas toman la idea del magnetismo y aprovechan su poder natural; le dan forma con propósitos y le permiten extenderse en su vida.

Es muy fácil aprovechar las fuerzas receptivas y magnéticas, pues son fuerzas naturales. El magnetismo es un fenómeno físico. Dicho fenómeno implica una ciencia relacionada con los campos de fuerza, o energía (uno es atraído por el otro). También se define al magnetismo como la habilidad de atraer o encantar. Si una situación está "encantada", entonces ha sido afectada por la magia, en cuyo caso, la abundancia y la prosperidad que deseas pueden ser atraídas hacia ti con mayor facilidad.

Esto nos lleva a una discusión sobre el poder receptivo. Ser receptivo es ser capaz de recibir, atraer, estar abierto y reaccionar con interés. El poder receptivo es parte de la divinidad femenina, y ser receptivo es un regalo de la Diosa. Hay quienes, al escuchar la palabra *receptivo*, piensan que significa débil o sumiso, pero no es así. De hecho, el poder receptivo es magnético, atrayente e intensamente fascinante.

Si vuelves a observar la carta del tarot del Mago, en la página 31, verás que esta imagen arquetípica no solo está manifestando su deseo, sino que está reclamando su poder personal. El Mago está atrayendo y creando un cambio mágico.

La magia existe. Descubrirás ese poder cuando verdaderamente veas y vivas la realidad de quién eres. Como mago practicante es momento de que concentres tu poder y aceptes que eres sabio y espiritual. Ahora estás volviéndote más abierto o "receptivo", lo cual te vuelve optimista y, por ende, más poderoso. Con ello viene la confianza y la generosidad de espíritu, y eso te permite transformar tu realidad de maneras maravillosas.

Ser receptivo es estar abierto a todas las posibilidades encantadoras que existen. Experimenta la manifestación en tus metas y permite que esa energía fluya hacia ti con gozo.

Atrayendo abundancia

La abundancia es, en gran medida, una actitud.

SUE PATTON THOELE

La rebosante cornucopia es un antiguo símbolo de prosperidad y abundancia. Es una decoración popular y tradicional para celebrar la riqueza de la naturaleza en la cosecha. Literalmente, *cornucopia* significa "cuerno de la abundancia". La palabra viene de la raíz *cornu*, que significa "cuerno" y *copia*, que significa —sí, adivinaste— "abundante". Este símbolo existe desde el siglo V a. C.

Según la mitología, cuando el dios Zeus era un bebé, estaba jugando con su cabra nodriza llamada Amaltea. El pequeño Zeus era tan fuerte que accidentalmente rompió uno de los cuernos de la cabra. Para disculparse, le devolvió el cuerno, pero con el poder de conceder los deseos de quienquiera que lo tuviera. Otras versiones cuentan que la misma Amaltea rompió el cuerno y lo llenó como regalo para Zeus. Para agradecerle, Zeus puso a su nodriza en el firmamento y se volvió la constelación de Capricornio.

En la antigüedad, el cuerno de la cabra rebosante de frutas y cereales era una conocida imagen de las monedas romanas y griegas. Además de Zeus y su cabra nodriza, las diosas romanas Fortuna, Pax y Abundantia también se asociaban al cuerno de la abundancia.

En cualquier época del año puedes hacer el siguiente conjuro con cornucopia, aunque el momento astrológico es crucial para el ritual. Trabajar en armonía con las mareas de la luna y los días más adecuados de la semana ayudan a que la magia se manifieste con mayor facilidad.

Conjuro con cornucopia

Momento:

Fase de la luna: luna creciente

Día más adecuado: jueves (prosperidad y abundancia)

Provisiones:

Vela: veladora verde, un candelero

Piedra: magnetita

Provisiones adicionales: un encendedor o cerillos, una cartulina verde intenso o dorada que mida 21.5 x 28 cm, cinta adhesiva, monedas doradas o plateadas, tres billetes de un dólar[2], un vale de regalo del equivalente a diez dólares de una tienda de abarrotes (para representar la comida).

Indicaciones: Prepara el área de trabajo y escoge un lugar para que la veladora arda sin problema. Puede estar encendida hasta ocho horas.

Una vez que estés listo y tengas todas las provisiones, prepara tu estado de ánimo: receptivo, optimista y concentrado. Para comenzar, enrolla la cartulina para darle forma de cono y fíjala con la cinta adhesiva. Este cuerno es tu cornucopia. (Si tienes una cesta de la cornucopia, úsala).

Cuando estés enrollando la cartulina para hacer el cuerno, di lo siguiente:

> *Por la mágica luna creciente tan brillante,*
> *una cornucopia es creada esta noche vibrante.*

Ahora dale poder/bendice la veladora verde, como se describe en el capítulo 3, y di:

> *Sostengo esta veladora verde entre las manos,*
> *la encanto para que envíe abundancia a todos mis hermanos.*

Coloca la veladora dentro del candelero y enciéndela. Una vez que esté ardiendo bien, di con reverencia e intención:

> *Ahora arde con un propósito brillante y verdadero*
> *que yo sea bendecido en todo lo que quiero.*

Después coloca la magnetita, el vale de regalo, las monedas y los tres billetes dentro de la cornucopia. Acomódala en el centro de tu espacio de trabajo y junto a la veladora verde. Extiende tus manos sobre la cornucopia llena y di:

---

2   N. del T.: A lo largo del libro se encuentran menciones de monedas estadunidenses debido a que la autora es de dicha nacionalidad.

La cornucopia un antiguo símbolo de la abundancia es.
Con la magnetita en el interior, pronta fortuna traerá.
Llena con comida, monedas y los billetes que suman tres,
¡este conjuro hacia mí, pronta abundancia atraerá!
Que este conjuro se manifieste de la mejor manera,
trayendo abundancia positiva mi vida entera.

Deja que la veladora verde se consuma en un lugar seguro. También deja el dinero y la tarjeta de regalo dentro de la cornucopia durante un mes completo. Durante ese mes, cada vez que tengas cambio o algunos pesos que te hayan sobrado, ponlos en la cornucopia. Si es necesario puedes poner el dinero dentro de un frasco, pero deja el dinero del conjuro original junto a la cornucopia.

Al final del mes mete el dinero extra del frasco en tu cuenta del banco. En cuanto al vale de regalo de la tienda, tienes dos opciones: Guardarlo para una emergencia o, mejor aún, dárselo a alguien que creas que puede aprovecharlo —un estudiante, alguien que acabe de irse a vivir solo o a un amigo que esté acabándosele la quincena—. Recuerda que al dar, ¡tú recibes en abundancia!

Fortuna:
Diosa de la abundancia

Hay algo en la mujer que sobrepasa el deleite
humano; es una virtud magnética, una cualidad
hechizante, un motivo oculto y poderoso.

ROBERT BURTON

Cuando te hablé de la cornucopia mencioné a la diosa romana Fortuna. Fortuna es hija de Júpiter. Los griegos la conocen como Tyche. Fortuna era una deidad muy popular antes de la llegada del cristianismo, se le asocia con la suerte, la fortuna, la abundancia, el destino y los oráculos. Se cree que en Roma había más templos dedicados a ella que a ningún otro dios de esa época. Su festividad se celebraba el 24 de junio, era representada como una diosa alada, parada

La carta de la Rueda del Año, del tarot de las brujas

sobre un globo terráqueo cerca de una rueda y sosteniendo una cornucopia y el timón de un barco.

Por medio de sus símbolos aprendemos más sobre Fortuna. El globo terráqueo mostraba que en todo el mundo se sentía su influencia. La cornucopia la identificaba como dadora de abundancia y habla de sus comienzos como diosa de la fertilidad, Fortuna bendecía los jardines con cosechas abundantes. El timón del barco simbolizaba que era la que controlaba los destinos y que podía conducirte a través de los altibajos de la vida. También era representada con una rueda con ocho radios, que era la Rueda de la Fortuna original.

La carta de la Rueda de la Fortuna de los arcanos mayores también recibe el nombre de Rueda del Año, pues simboliza el paso del tiempo. La diosa Fortuna es la que gira la rueda. Es la cuidadora del tiempo y los ciclos de la naturaleza; es la que nos dirige por las aguas de la vida. ¿Te habías fijado en que la rueda de la carta se parece a un timón de barco?

En mi *tarot de las brujas*, la carta de la Rueda del Año está acertadamente asociada a la diosa Fortuna. Este arcano mayor simboliza la magia de las cuatro estaciones y las energías de la rueda del año. Cuando sale esta carta en una lectura del tarot es símbolo de buena fortuna y es un mensaje de que hay que trabajar con, no en contra de, las energías y los ciclos de la naturaleza que te rodean en la actualidad. Descanso e introspección durante el invierno; nuevos comienzos, crecimiento y oportunidades en primavera. El verano trae energía, emoción, generosidad e intensidad; mientras que el otoño trae abundancia y es un recordatorio de que nos preparemos, reunamos y recordemos. Espera que haya cambios, pues la vida está en constante transformación y crecimiento. Esta carta representa buena suerte, oportunidad y un evento fortuito.

Un conjuro del tarot con fortuna

Esta es la oportunidad perfecta para que conozcas mejor a Fortuna mientras haces magia con las imágenes clásicas del tarot.

Momento y provisiones:

Fase de la luna: luna creciente

Asociación planetaria: Júpiter

Día de la semana: jueves (día de Júpiter)

Asociación con las cartas del tarot: la Rueda del Año/Rueda de la Fortuna

Piedra: imán

Color de vela: verde (puede ser una veladora, una candela o una vela pequeña para conjuros)

Otras provisiones: un candelero, un alfiler recto o un cuchillo curvo (para inscribir la vela), cerillos o encendedor

Instrucciones: Prepara este conjuro en tu área de trabajo o altar. Apoya la carta de la Rueda del Año/Rueda de la Fortuna en el imán. Tómate un momento para concentrarte, que tu estado de ánimo sea neutral y receptivo. Crea formas de pensamiento positivas. Si quieres, puedes inscribir la rueda de ocho radios de Fortuna en la vela verde. Mientras inscribes la vela visualiza que la abundancia llega a ti en diferentes maneras maravillosas. Ahora dale poder a la vela diciendo:

Ahora que inscribo esta vela verde que sostengo entre las manos
atrae abundancia a todos mis hermanos.

Coloca la vela verde inscrita en el candelero y enciéndela. Cuando ya esté ardiendo bien, continúa diciendo con reverencia e intención:

Ahora arde con propósito radiante y verdadero,
bendíceme en todo lo que quiero.

Cuando estés listo, repite el siguiente verso:

Señora Fortuna, por favor escucha que te llamo,
en invierno, primavera, otoño y verano.
Con el imán que atrae abundancia y prosperidad,
que la Rueda de la Fortuna gire a favor de mi realidad.

Conforme la magia de Fortuna gira
atrae buena fortuna y a la mala suerte aleja.
Por el bien de todos, sin perjuicio de nadie
por la magia del tarot, este conjuro está hecho.

Deja la carta del tarot y el imán en su lugar mientras la vela dure encendida, ¡y no olvides vigilar esa vela! Luego, cuando la vela se haya consumido, devuelve la carta al mazo y guarda el imán en una bolsa.

¡Que Fortuna te sonría!

Magia con imanes y arena magnética

El mundo es tu espejo y tu mente es un magneto.
Lo que percibes en este mundo es, en gran medida,
un reflejo de tus actitudes y creencias...
Piensa, actúa y habla con entusiasmo,
y atraerás resultados positivos.

MICHAEL LE BOEUF

Los imanes, o hierro magnético, son un nuevo truco interesante que puedes añadir a tu repertorio. Atraen prosperidad, éxito y buena fortuna. Los imanes tienen correspondencia planetaria con Marte y Venus. También tienen género, lo cual explica que se les asocie con Marte/Venus. Se considera que los imanes redondos son femeninos y los que tienen forma fálica son identificados como masculinos. En cuanto a la magia, los imanes suelen llevarse en pares —uno para atraer buena suerte y prosperidad, y el otro para repeler la mala suerte y la negatividad.

Los imanes (también llamados magnetita) son una herramienta mágica maravillosa y benéfica. Tradicionalmente se colocan dentro de los cajones de las cajas registradoras para atraer dinero y clientes, y suelen ser trabajados y colocados dentro de bolsas de conjuros para todos los propósitos antes mencionados. Es interesante que los imanes aumentan el poder de cualquier otro tipo de conjuro, como el de sanación, amor, amistad o protección. Conclusión: los imanes se usan para generar atracción.

Y para seguir con los datos interesantes, se cree que los imanes están vivos y tienen memoria, y que tradicionalmente son "alimentados" con arena magnética dorada o plateada. En serio. Y lo primero que pensé fue, ¿qué voy a hacer con la arena magnética sobrante?

Pues bien, puedes usar la arena magnética para completar otros talismanes o amuletos de la suerte. La arena da poder y estimula los amuletos de la buena suerte como herraduras de caballo, pulseras con *charms* de plata o *charms* sueltos. También puedes revolcar las velas del conjuro en arena magnética, espolvorear arena alrededor de la base de la vela e incluso dibujar un círculo mágico en el piso. Muchas veces se usa arena magnética en las puertas para invitar a la fortuna y la buena suerte a que entren a la casa o negocio, también atrae nuevos amigos y da la bienvenida a familiares y amigos.

Esta información despertó mi imaginación. Nunca había trabajado con arena magnética o con imanes puros. Entonces, en un intento por aprender algo nuevo y compartirlo después con mis lectores, decidí probar. Emocionada, me metí a Internet y busqué imanes verdes y arena magnética.

Nota de magia práctica: en la naturaleza, los imanes son de color negro o gris oscuro. Algunas veces los pintan de diferentes colores. Me decidí por los imanes verdes para mis conjuros porque me parecieron lindos. También elegí arena magnética dorada porque el dorado corresponde a la riqueza, al sol, al éxito. Aunque, si prefieres trabajar con arena magnética plateada, con imanes de colores naturales, o lo que tengas a la mano, puedes hacerlo.

Cuando llegó todo lo que pedí, me sorprendió lo mucho que pesaba la bolsita de arena. También descubrí que, al manipular la arena, era tan fina que había polvo metálico dorado por toda mi área de trabajo y en mis manos, así que froté el polvo metálico en las velas de los conjuros y en la bolsa del conjuro que estaba preparando. Después, limpié el polvo que quedaba en el altar con un paño húmedo; de otra manera, hubiera acabado con huellas doradas de gato por toda mi casa. A Brianna, mi gata calicó, le encanta ver cuando hago experimentos con conjuros, como cualquier pariente decente. Cuando empezó a deslizar sus patas en ese polvito dorado supe que era mejor limpiar rápido.

De esta manera comenzaron mis experimentos con imanes y arena magnética. Fue divertido y aquí tienes unos de los mejores conjuros que fui capaz de crear.

Conjuro con ímanes y bolsa de arena magnética

Momento:

Día de la semana: jueves (día de Júpiter) para prosperidad y abundancia, o domingo (día del sol) para riqueza, fama y éxito.

Fase lunar: primer cuarto y creciente (unos siete días antes de la luna llena).

Provisiones:
- una superficie plana, segura
- cuadrado de papel blanco de 7.6 centímetros
- pluma de tinta azul (el azul es el color de Júpiter)
- vela verde para conjuros y candelero
- 2 imanes verdes pequeños
- arena magnética dorada
- cinta adhesiva
- cerillos o encendedor
- bolsita cuadrada pequeña de organza color verde de 10 centímetros, o de algodón verde
- moneda dorada
- listón verde

Indicaciones:

En el centro del cuadrado de papel escribe las palabras *abundancia positiva y prosperidad*. Dobla las orillas hacia el centro para crear una bolsita. Ponla en un lado. Enciende la vela y después mete los dos imanes y una pizca de arena a la bolsita de papel. Dóblala con cuidado y séllala con un pedacito de cinta adhesiva para que no se abra. Si te queda polvo dorado en los dedos, frótalos en la vela del conjuro.

Ahora estás listo para empezar. Aquí tienes el verso para darle poder a la bolsita:

Con la luz de esta vela verde titilante
mi riqueza comienza a crecer en este instante.

Coloca la bolsita sellada con los imanes en la arena dentro de la bolsa de organza. Ahora di:

Estos dos imanes atraen abundancia positiva hacia mí,
una pizca de arena magnética los alimenta.

Agrega la moneda dorada y ata la bolsa de organza con el listón verde. Cierra el conjuro diciendo:

Añado una moneda dorada para la riqueza y la prosperidad,
ato la bolsa con un listón verde, por el poder
de la brillante luna creciente.
Hago este conjuro para aumentar mi fortuna siempre.

Coloca la bolsa de organza junto a la vela del conjuro, a una distancia segura de la llama. Deja que arda la vela del conjuro y que se consuma en un lugar seguro. Cuando la vela se haya extinguido, la bolsa de organza estará lista para que te la lleves. Puedes tenerla contigo hasta la noche de luna llena y dejar que la bañe la luz de la luna. Guarda la bolsa del conjuro en tu bolsillo, en tu bolso o en tu escritorio de trabajo. Puedes recargar la bolsa con las siguientes lunas llenas.

Variantes y notas:

En algunas variantes de la magia popular estadunidense, los imanes se colocan en una bolsa de franela roja para la prosperidad. No importa el tipo de bolsa que uses, puedes añadirle un amuleto de la buena suerte al listón verde. Yo compro las bolsas de organza por caja en las tiendas de manualidades, tienen un listón para cerrarlas y hay de muchos colores.

Para darle más fuerza, coloca una raíz de Jalapa junto a la vela del conjuro o un talismán del Cuarto Pentáculo de Júpiter junto a la bolsa de organza mientras la vela esté encendida. (En los siguientes capítulos te daré más información sobre monedas, amuletos de la buena suerte y el Cuarto Pentáculo de Júpiter).

Conjuro del frasco de bruja con imanes (puedes personalizarlo)

Me inspiré para crear este conjuro un día mientras limpiaba la cocina. Estaba lavando los platos —sí, los lavo a mano— y cuando lavaba un frasco para reciclarlo, se me ocurrió de repente que podía hacer un frasco de bruja para conjuros. Empecé a imaginarme todas las cosas padres que podría hacer con ese frasco y la magia para la prosperidad. Así que, con la creatividad a todo lo que da, lavé el frasco y la tapa, lo dejé escurrir y empecé a urdir el siguiente plan:

Provisiones:
- un trozo de papel
- pluma de tinta azul
- frasco con tapa
- 2 imanes
- arena metálica dorada (suficiente para cubrir el fondo del frasco)
- ¼ de taza de brillantina dorada (busca en las tiendas de decoración o de manualidades)

- 3 monedas de diferentes colores: una dorada, una plateada y una color cobre
- listón de satén verde, de 30 centímetros

Instrucciones:

Adapta lo siguiente a tus necesidades específicas. En el trozo de papel escribe una de las siguientes frases: *Para atraer prosperidad y abundancia positiva a mi vida. Para atraer oportunidades para un trabajo nuevo y mejor. Para atraer más clientes a mi negocio. Para aumentar las ventas.* Ya sabes a qué me refiero. Ahora coloca el papel en el fondo del frasco, añade con cuidado los dos imanes. Espolvorea la arena magnética dorada sobre los imanes y el papel; el fondo del frasco debe quedar cubierto de arena. Después añade una capa de brillantina dorada y por último coloca las tres monedas de diferentes colores dentro del frasco. (Que ¾ del frasco queden vacíos.) Ahora cierra el frasco y repite el siguiente conjuro:

Capa sobre capa este conjuro es creado,
ahora este frasco con mi magia es llenado.
Dos imanes verdes para atraer y arena para alimentar,
y monedas de distintos colores que tres han de sumar.
Con esta magia atraigo dinero a este frasco,
el dinero, de lejos y de cerca, no tarda en llegar.

Finalmente, ata el listón verde alrededor del cuello del frasco. Mientras lo atas, di:

Por el poder de la tierra hago este conjuro,
que tenga éxito y mi magia perdure.

Pon el bonito frasco en un lugar donde lo veas todos los días. Cada vez que tengas un billete de más, enróllalo y mételo al frasco. Insiste. Puedes usar el dinero del frasco como fondos de emergencia o meterlo a tu cuenta de banco después de seis meses.

Manifestando abundancia y éxito

*Éxito es centrar el poder de todo lo que eres
en lo que deseas fervientemente lograr.*

WILFERD PETERSON

Comenzamos este capítulo dándonos cuenta de que trabajar con la atracción es un proceso receptivo. Sin embargo, no se trata de que te quedes echado esperando a que la abundancia ¡*puf*! aparezca sola. Sí, de hecho puedes cambiar tu firma energética para atraer riqueza y abundancia, lo vimos en los primeros capítulos. Aunque la atracción mágica es un estado receptivo, es necesario que tengas el deseo y trabajes para hacer el cambio energético. Y puedes lograrlo construyendo formas de pensamiento positivos y creando magia práctica, que se trata de atracción, como hicimos en este capítulo cuando trabajamos con la arena magnética y los imanes.

Sin embargo, recuerda que magnetizarte y atraer los cambios que deseas no es un proceso que se dé sin acción. Tienes que hacer un esfuerzo. Aunque parece que es cosa de sentido común, si yo te contara...

Todo esto me recuerda a la gente que he conocido que se indigna y se pregunta por qué no funcionó su magia de prosperidad como se habían imaginado. ¡Oye, si han leído muchos, muchos libros sobre el tema! (Eso siempre me ha puesto los pelos de punta). En ese punto del alegato, respiro hondo, pongo mi mejor sonrisa y le recuerdo a la persona que no importa la cantidad de libros que haya leído. Lo importante es que te levantes, hagas algo con respecto a la situación y entonces realices la magia y tus conjuros.

Una vez, una mujer me dijo, muy enojada, que obviamente yo no sabía de lo que estaba hablando en cuanto a hacer conjuros, porque ella había hecho muchos conjuros de prosperidad y magia para atraer dinero, pero que no lograba conseguir trabajo.

La interrumpí a medio choro preguntándole: "¿Le hiciste un encantamiento a tu currículo para que le pareciera atractivo a los posibles jefes? ¿Enviaste tu currículo por *e-mail* durante la fase de luna creciente o en jueves o domingo para tener mejores resultados? Cuando fuiste a la entrevista, ¿llevabas contigo un hechizo con hierbas o hiciste algún conjuro el mismo día de la entrevista?".

Se calló, se quedó viéndome y dijo, muy seria: "O sea, ¿que otra vez tengo que ir a pedir trabajo aunque haga magia?".

Y no sé cómo demonios le hice para quedarme seria cuando me preguntó eso, todavía no lo entiendo. Con tacto y con voz temblorosa le expliqué que sí, que la magia funciona mejor cuando se hace en combinación con acciones en el plano físico —como llenar solicitudes, enviar tu currículo, ir a entrevistas, etcétera—. Se fue un poco cabizbaja y (espero) con algo serio en qué pensar.

Si quieres que se manifiesten tus conjuros de prosperidad, entonces tienes que estar preparado para darles seguimiento con acción en el mundo físico. La manifestación se define como una indicación exterior o perceptible, materialización o expresión visible. Aunque se considera que la materialización es un fenómeno oculto, tu prosperidad y tu magia de atracción requieren de tu energía personal y acción para manifestarse.

Esto puede hacerse de muchas maneras, como por medio de la ley de atracción, en donde la energía mágica recibe el estímulo de las formas de pensamiento positivas. Tu deseo de un cambio positivo es el estímulo que necesita tu magia para rendir frutos. Añadir ese estímulo al hacer conjuros, en coordinación con el momento astrológico y lunar correctos, trabajar con las deidades complementarias y añadir acción física en el plano material, atrae las manifestaciones positivas que deseas. Es un proceso que conlleva varios pasos, no lo olvides.

Aprender a crear prosperidad y abundancia es un proceso de crecimiento. Requiere que cambies tu forma de pensar y de comportarte a nivel mágico y mundano. En este punto, ya cambiaste tu firma energética para que sea más optimista. Estás construyendo formas de pensamiento positivas y trabajando activamente con los elementos de tu magia de prosperidad y atracción y, de hecho, estás volviéndote magnético. Ahora es todavía más fácil jalar y atraer riqueza, éxito y abundancia positiva.

Capítulo 6

Amuletos de la buena suerte y magia con monedas

Si tienes suerte, una fantasía solitaria es capaz de transformar un millón de realidades.

Maya Angelou

Cuando la gente que no está en el mundo de la magia habla de *lucky charms* (amuletos de la buena suerte) quizá piense en ese delicioso cereal o en los pequeños dijes de plata que se usan como joyería de fantasía. Pero, para las brujas y los magos, los *charms* (amuletos) tienen distintos significados intrigantes.

El término *charm* se define como algo que se pone o se trae con uno por su efecto mágico. La palabra *charm* también significa (1) obligar con fuerza mágica, (2) el canto de una palabra o verso mágico o (3) un pequeño adorno que se cuelga en una pulsera o en una cadena. Por último, un *charm* también se identifica como un objeto que tiene poder mágico, como un amuleto o talismán.

En la antigüedad, la gente comenzó a escribir las palabras de poder en lugar de decirlas en voz alta porque pensaba que una palabra dicha era fugaz, mientras que era más duradera en un objeto sólido. Fue entonces cuando el término *charm* se asoció con objetos mágicos físicos, como piedras, conchas o formas de animales grabadas —lo que ahora conocemos como amuletos y talismanes—. Sin embargo, los talismanes, los amuletos y los *charms* no son lo mismo.

Para ser claros, se considera que un talismán es un objeto creado con una meta mágica específica en mente. También puede crearse con cualquier material. El objetivo del talismán puede ser aumentar el poder personal u otorgar protección o energía mágica adicional al portador. Se considera que los talismanes son espiritualmente importantes para el que los usa. Son un tipo de energía activa y protectora.

Un amuleto se utiliza por razones más generales. Por ejemplo, se usan aretes de plata en forma de pentáculo como amuleto. Un amuleto natural puede ser de piedra, concha o madera. Los amuletos protegen del daño, alejan la negatividad y la mala suerte. Según la tradición mágica, un amuleto reacciona a lo que está pasando en el mundo del portador. Los amuletos no crean magia específicamente; son pasivos, no proyectan hacia fuera, solo permanecen y te protegen. Son como una especie de escudo mágico miniatura.

Los *charms* se supone que traen buena suerte. Atraen éxito y combinan los mejores aspectos de los amuletos y los talismanes en cuanto a que pueden comportarse de manera activa mágica, como el talismán, y ser protectores, como un amuleto. Hoy en día, los *charms* para la buena suerte se usan colgados de un collar a manera de pendiente o en grupos colgados de una cadena que se utiliza como collar o pulsera. Sin importar cómo se usen, los *charms* para la buena suerte son para atraer buena fortuna a sus dueños.

El uso de *charms* para la buena suerte no es algo nuevo, de hecho es una práctica antigua. Los *charms* se usaban para proteger de los conjuros negativos, la enfermedad y el daño. Los egipcios usaban varios dijes y *charms* con propósitos mágicos, para mostrar su estatus social y para conectarse con sus deidades, lo mismo que los griegos y los romanos. Los caballeros medievales usaban *charms* para que los protegieran en las batallas, y en la Edad Media se usaban para indicar el linaje familiar o las creencias religiosas y políticas del portador.

Todo el mundo quiere ser "suertudo" y muchas culturas a lo largo de la historia utilizaban *charms* de la buena suerte para atraer riqueza y buena fortuna. ¿Y qué tipo de *charms* usaban? Bueno, eso depende de la cultura, pero no voy a dejar la respuesta colgando. (Mal chiste de *charms* en pulseras).

La docena de *charms* de una bruja para la buena suerte

Te envío buena suerte y buenos deseos
envueltos en un abrazo; las cosas buenas
llegarán a ti con esta pequeña catarina.

AUTOR DESCONOCIDO

Aquí tienes la docena (son trece) de *charms* o amuletos mágicos tradicionales de las brujas, y un poco de información sobre cada uno. Debes usarlos en los conjuros y para crear fácilmente tus propios *charms* personalizados para la buena suerte.

Bellota: la bellota es símbolo de poder, vigor, energía y metas a largo plazo que están manifestándose. Piensa en el viejo dicho que dice que los robles poderosos nacen de las pequeñas bellotas. La bellota es el fruto del roble, y los robles se alinean con el planeta Júpiter y la magia para la prosperidad.

Abeja: la abeja ha sido símbolo de riqueza y buena suerte desde tiempos antiguos. Si usas un emblema, placa o *charm* con la imagen de una abeja estás bendecido con buena suerte. La abeja es el mensajero de los dioses antiguos y se creía que el zumbido de las abejas era la voz de la misma Diosa Madre.

Pájaro: el pájaro cantor es otro *charm* tradicional para la buena suerte. Se cree que usar un *charm* con forma de pájaro brinda entusiasmo y energía alegre a tu vida, lo cual puede explicar el viejo dicho "feliz como un pájaro" o, si prefieres, "feliz como una alondra".

Mariposa: la mariposa simboliza la manifestación de la magia y la buena suerte puesto que las mariposas no "nacen", sino que se transforman de una criatura a otra. Ese destino y energía se trasladan a la buena fortuna. Uno de mis pendientes favoritos es una mariposa de plata con un pentáculo en el centro. Transformación, suerte, manifestación y magia, todo impregnado en un hermoso pendiente.

Gato: se considera que el gato es de la suerte en muchas culturas mágicas. En Estados Unidos ver un gato blanco es de buena suerte, y en el Reino Unido el gato negro es considerado un augurio de buena suerte. También está el gato de la suerte (*maneki neko*) en la cultura japonesa. Este gato trae prosperidad a tu casa o negocio con una pata levantada. Más adelante en este capítulo hay más información y un conjuro con el *maneki neko*.

Monedas de *feng shui*: atar tres monedas de *feng shui* con un listón o cordón rojo y colocarlas en tu bolsillo o en tu bolso es una cura típica para la prosperidad. Las monedas se parecen a las antiguas monedas chinas, son redondas y en el centro tienen un hueco en forma de cuadrado, lo cual simboliza la unión del cielo y la tierra. Las monedas chinas de *feng shui* funcionan muy bien en los conjuros de prosperidad y es bueno tenerlas a la mano. El uso más común de las monedas de *feng shui* es para atraer dinero y protección. Las tres monedas atadas con un listón o cordón rojo simbolizan prosperidad, abundancia y buena fortuna.

Trébol de cuatro hojas: el trébol es una planta común —si no, fíjate en la mayoría de los pastos suburbanos—. Pero, solo uno entre 10 000 tiene cuatro hojas. En mi jardín hay tantos tréboles que generalmente no tengo problemas para hallar alguno, es cosa de tener paciencia. Encontrar uno trae buena suerte. El trébol de cuatro hojas simboliza fe, esperanza, amor y suerte. Se dice que los druidas creían que, cuando traían un trébol podían ver cuando se acercaban los espíritus malos. Quizá esta sea la explicación de la creencia de que traer consigo un trébol de cuatro hojas protege contra la mala suerte y otorga protección mágica.

Jamsa (Mano de Fátima/Miriam/Venus): este antiguo amuleto es conocido en muchas culturas mágicas en todo el mundo. El jamsa es la palma abierta de la mano derecha, con la palma hacia arriba, los dedos juntos y hacia abajo. Este amuleto bendice al portador con buena fortuna, poder y fortaleza. También repele al mal de ojo. Muchas veces, el jamsa contiene un ojo en el centro de la palma, una estrella de seis picos y unos hermosos adornos en los dedos. Si quieres acabar con la negatividad, coloca la palma de tu mano hacia abajo, con los dedos hacia arriba y ligeramente separados. Empuja la negatividad hacia la fuente de donde proviene y mantén el cuerpo en una postura firme, y di mentalmente: "No oigo, no oigo, soy de palo".

Herradura: se creía que una herradura clavada en la parte del frente de la puerta principal traía buena suerte y prosperidad a toda la casa. Este antiguo amuleto de la buena suerte se representa con la parte abierta hacia arriba —así, la suerte nunca se te acabará—. El único lugar en el que una herradura se coloca con la parte abierta hacia abajo es en el taller de un herrero. De esa manera, la buena suerte fluye a la forja. Puedes colocar una herradura en la esquina norte de tu casa o negocio, con la parte abierta hacia arriba, para reforzar la buena fortuna e influir de manera positiva en la energía espiritual del edificio. Se cree que las herraduras imitan la curva de la media luna, entonces se pueden usar como un símbolo sutil de la diosa luna para la casa o el negocio.

Mariquita o catarina: para muchas culturas, la mariquita es de buen augurio. Se cree que si una mariquita se para en tu mano simboliza buena suerte y bendiciones de las hadas. Puesto que las mariquitas comen insectos perjudiciales como los pulgones, los jardineros y los granjeros agradecen su presencia en los jardines. Al ser un insecto tan bueno, la gente suele tenerle cariño. Ver mariquitas en el campo era señal de una cosecha especialmente buena. Se cree que una catarina con siete puntos era la mascota de las hadas, encontrar una es muy raro.

Número siete: en muchas culturas y tradiciones mágicas, el siete es un número de la suerte. Para los antiguos había siete planetas. Esos planetas "visibles" eran el Sol, la Luna, Mercurio, Venus, Marte, Júpiter y Saturno. Los pitagóricos decían que el siete era el número perfecto. Para los budistas, el siete es el número para entrar en su centro. También hay siete mares y tenemos siete chakras. Hay siete filas, o periodos, en la tabla periódica de los elementos; siete colores en el arcoíris; y por último, siete días de la semana hechizante.

Arcoíris: todo el mundo sabe que hay una olla con monedas de oro al final del arcoíris. El arcoíris no solo es símbolo de esperanza, también es el símbolo del mensajero de la diosa griega Iris. La Iris alada usaba el arcoíris para ir y venir del Olimpo a la tierra. Iris y su arcoíris aparecen en el mazo de mi *tarot de las brujas*, en la carta de la templanza. Se supone que el arcoíris doble aumenta tu suerte por dos. Y hay siete colores en el arcoíris, y siete es un número de la suerte.

Tres llaves maestras: tres llaves maestras antiguas juntas son un antiguo símbolo de salud, riqueza y amor. Se asocia a Hécate, la reina de las brujas, con las tres llaves maestras. Tú puedes hacer un collar o una pulsera mágicos con tres *charms* pequeños en forma de llaves —busca en las tiendas de manualidades.

Charms de plata y la magia de una pulsera con charms

Llevo una vida encantada.

WILLIAM SHAKESPEARE

Solo por diversión puedes intentar hacer pulseras con *charms*. Si tienes una pulsera plateada, vieja o nueva, puedes añadirle *charms* mágicos para la buena suerte. Si tu pulsera vieja con *charms* no ha visto la luz en años, sácala, límpiala y recuerda para qué eran esos *charms*. Agrega algunos nuevos que tengan que ver con la magia y combínalos con los viejos para que sea una especie de evolución de la pulsera.

Si te llama la atención esta idea, pero no tienes una pulsera para *charms*, no hay mejor momento que ahora. Yo pienso que cualquier excusa para ser creativos es buena. Puedes hacerte una nueva pulsera con *charms* que tengan que ver con la magia. Ya sean nuevos o viejos, las pulseras con *charms* siempre tienen historias qué contar y magia qué compartir.

Yo volví a fascinarme con mi pulsera con *charms* después de que mi primer libro salió publicado. Hace como once años, un día que estaba limpiando mi joyero encontré mi vieja pulsera de *charms*. La última vez que le añadí un *charm* fue cuando nació mi hija Erin. En una extraña situación de sincronía, mi hija se abalanzó sobre mi vieja pulsera y me dijo que le explicara qué representaban todos esos *charms* de plata. Durante más de media hora estuve platicándole el significado de cada *charm* y cuándo y cómo habían llegado a mí o yo me los había comprado. Cuando empecé a limpiar los *charms*, me preguntó por qué no tenía ninguno de brujas en la pulsera. Tenía razón.

Entonces me decidí a "embrujar" mi pulsera. Me tardé varios años, pero eso nada más hizo que disfrutara más de la búsqueda. Encontré una regadera de plata y me pareció que sería un recuerdo divertido de cuando me volví Maestra Jardinera. Una amiga me regaló un *charm* de libro de plata que significaba mi primer libro publicado, *Garden Witchery*. Después, el domingo siguiente fui al mercado de pulgas y encontré un pequeño pentáculo de plata del tamaño perfecto para mi pulsera. Luego, me compré un *charm* muy lindo de una bruja volando sobre una escoba. Descubrí un sombrero de plata en 3D cuando estaba en Salem Massachusetts, en mi primer evento como autora en la ciudad. Además tenía grabado "Salem, Mass". ¡Perfecto!

Cuando mi libro *The Enchaned Cat* ganó un premio, mi esposo me regaló un *charm* también en 3D de un gato montado en una escoba de bruja. Mi hija me consiguió un *charm* de un gato plateado con negro y me lo regaló de cumpleaños y yo encontré un faro chiquito como recuerdo de un evento en Maine y del día que estuve ahí turisteando. Hace poco vi en Internet una carta del tarot de plata en miniatura, y la encargué de inmediato. Es una versión en chiquito de la carta del sol del tarot Rider-Waite. Feliz de la vida la colgué en mi pulsera para representar el lanzamiento de mi *tarot de las brujas*.

Siempre que me pongo mi pulsera de *charms*, la gente me pregunta sobre ellos. Es divertido usarla y siempre me pone de buen humor. Sí funciona... bueno, ¡como un *charm*!

Un conjuro para darle poder a tu pulsera de charms

Aquí tienes un conjuro sencillo para encantar tu pulsera de *charms*. No importa el estilo que sea —si tu pulsera de *charms* es vieja y le has añadido *charms* últimamente o si acabas de empezar a armarla— este conjuro funciona de maravilla.

Indicaciones: sostén la pulsera en tus manos y deja que la luz de la luna creciente la bañe. Debido a que la plata es un metal lunar, la luz de la luna es muy apropiada. Una vez que la luz de la luna esté brillando sobre la pulsera, di el siguiente conjuro:

> *Los charms de plata cuentan mi historia*
> *para el amor y la suerte, le doy poder a esta pulsera.*
> *Estos adornos y dijes tintinean y cascabelean*
> *el conjuro que llevan no es para que los demás lo vean*
> *por el poder de tres veces tres*
> *ahora conjuro esta pulsera de dijes.*

A continuación ponte esa pulsera y disfruta de la magia y la buena suerte que vienen.

Maneki neko:
el gato que atrae a la buena suerte

*Si te asocias con un gato, solo te
arriesgas a volverte más rico.*

SIDONIE-GABRIELLE COLETTE

El gato de la suerte es una imagen conocida en la cultura japonesa. En la actualidad es uno de los amuletos para la buena suerte y para atraer prosperidad más populares en el mundo. También se le llama gato del dinero y gato que da la bienvenida. La figura del gato de la suerte ganó popularidad en Japón desde 1870, pero se menciona por primera vez en un periódico japonés en 1876. El nombre japonés del gato de la suerte es *maneki neko*.

Este gato de la suerte atrae buena fortuna para su dueño. Suele ser una figura de cerámica y tiene una característica familiar: una pata levantada, como si estuviera llamándote. En la cultura japonesa, el gesto para llamar a alguien es con la mano hacia arriba, la palma hacia fuera y doblando los dedos hacia abajo y hacia arriba.

Existen diferentes versiones del *maneki neko*. Si tiene levantada la pata izquierda, entonces atrae a los clientes. Si es la pata derecha y hace el movimiento como si estuviera llamándote, entonces es para buena suerte y riqueza. Hay otra escuela de pensamiento en la que la pata izquierda levantada atrae dinero y la pata derecha levantada lo protege. Y si las dos patas están levantadas, entonces es protección para la casa y el negocio.

Coloca la figura en la ventana, viendo hacia fuera, y atraerá buena fortuna al interior. También puedes tenerlo dentro de tu casa o en el mostrador de tu negocio. Asegúrate de que el *maneki neko* esté colocado enfrente de la entrada principal. Algunas figuras tienen una ranura en la parte trasera, como una alcancía. Si tu gato la tiene, entonces mete algunas monedas para que comience la magia para atraer prosperidad. Por último, la leyenda dice que debes hacer un compromiso de cuatro años cuando trabajes con tu *maneki neko*, así que no lo olvides.

Colores mágicos de maneki neko

Hay muchas versiones del *maneki neko*, en una variedad de colores y posiciones. A continuación te digo algunos de los colores y su significado:

- si el gato que llama tiene un babero y una campana, simboliza riqueza y abundancia material
- se cree que el gato de tres colores o calicó (el cásico y el más popular) es el que atrae más suerte de todos
- el blanco significa pureza y que cosas buenas llegarán a tu vida
- el dorado es para la riqueza y la prosperidad
- el rojo o rosa es para el amor y las relaciones
- el verde simboliza buena salud, educación y victoria
- el negro aleja a los espíritus malos y acosadores, es protector

Dale poder a tu gato

El siguiente es un conjuro para darle poder a tu *maneki neko*. Yo lo haría durante la luna creciente (así como crece la luna, también crece tu fortuna) o, por lo menos, lo haría en domingo (el día del sol para el éxito) o en jueves (el día de Júpiter para la prosperidad). Sostén la figura en alto y deja que la luz de la luna o del sol la bañen y le den poder. Visualiza las formas en que la prosperidad llega a tu puerta. Crea esas formas de pensamiento positivas y permite que la ley de atracción le dé un empujoncito. Después repite el siguiente verso con intención:

> *Makeki neko, dulce gatito que llama*
> *ahora atrae a mí abundancia*
> *con tu energía vibrante y alegres colores*
> *y tu pata levantada atraes prosperidad.*
> *Alegre talismán de buena suerte, das a mis días felicidad*
> *de maneras mágicas buena fortuna hacia mí atraes.*

Tu *maneki neko* ahora está cargado de poder, encantado y listo para trabajar. No olvides colocarlo en la ventana viendo hacia fuera para que atraiga prosperidad, o en el mostrador de tu negocio mirando hacia la puerta principal para que atraiga más clientes.

Conjuro del gato de la suerte con velas

Siguiendo con el tema de los gatos de la suerte, la diosa egipcia Bast, o Bastet, es *perfecta* para trabajar con conjuros para prosperidad, pues era una deidad lujosa asociada con el placer y la fertilidad. Si en la tienda de artículos de metafísica no encuentras una vela en forma de gato, búscala en Internet o busca entre agosto y octubre para conseguir velas de gatos negros para *Halloween*. Y cuando las encuentres, compra varias.

También, si tienes un gato como miembro de tu familia, procura mantener este conjuro lejos de la curiosidad del felino. Algo tienen los conjuros de Bast que atrae a los gatos como si fuera un imán, ya estás advertido.

Momento: viernes, asociado con Venus y el amor, es complementario de Bast.

Fase lunar: creciente o llena.

Provisiones:
- una vela con forma de gato
- un recipiente o platón resistente al fuego (para colocar la vela y la arena)
- arena magnética
- 3 piedras ojo de tigre, redondeadas
- encendedor o cerillos
- una superficie plana para colocar la vela, o acomoda todo dentro de un caldero de metal grande para que esté a salvo de gatos curiosos o de niños pequeños (suelo colocar este tipo de conjuros dentro del caldero y lo pongo encima de la estufa de leña)

Indicaciones: Sostén la vela con forma de gato en tus manos y ben-
dícela con las siguientes líneas:

Sostengo esta vela de conjuro en forma de gato negro entre las manos,
la encanto para que envíe buena fortuna a todos mis hermanos.
Ahora arde con propósito e intención, fuerte y verdadero,
yo soy bendecido en todo lo que quiero.

Enseguida coloca la vela en forma de gato en el recipiente.
Rodea la vela con un anillo de arena magnética y límpiate las
manos. Agrega las piedras ojo de tigre a la superficie de
trabajo/fondo del caldero alrededor de la parte exterior del recipiente.

Date unos minutos para tranquilizarte y concentrarte. Imagina todas las formas maravillosas en que se manifestará tu
buena fortuna. Construye esas formas de pensamiento positivas
y permite que la ley de la atracción le dé un empujoncito. Después repite el siguiente verso con intención mientras encien-
des la vela:

Pequeña vela negra con negro intenso creada,
atrae hacia mí buena fortuna y mantén la negatividad alejada.
Piedras ojo de tigre para riqueza y protección añado
mientras la arena magnética atrae éxito a mi actividad.
Con la bendición de Bast se manifiesta,
este conjuro en formas encantadoras,
trayendo a mi vida gozo y riqueza,
que durarán hasta que se acaben mis horas.

Deja que la vela se consuma en un lugar seguro y no olvides vigi-
larla. Una vez que se haya extinguido guarda las piedras ojo de
tigre en una bolsita y llévalas contigo para la buena suerte, protección y prosperidad. Yo rompería los restos de la cera derreti-
da y de arena en pedazos pequeños y los usaría en bolsas de
conjuros para la prosperidad y la buena suerte.

Monedas en la antigua Roma

Plata y oro no son las únicas monedas;
la virtud también pasa corriente por todo el mundo.

EURÍPIDES

Existen tres civilizaciones principales en las cuales se desarrollaron las monedas: griega, india y china. La moneda china es la que menos ha cambiado a lo largo de la historia, mientras que la moneda griega ha sufrido muchas transformaciones y fue el ancestro directo de la moneda romana.

La diosa patrona de la casa de moneda romana era Juno Moneta, una de las muchas caras de la diosa madre Juno la deidad madre principal en Roma, y entre sus muchos títulos estaba el más importante: Juno Regina, o Juno la Reina. De su nombre se deriva el del mes de junio y, curiosamente, junio sigue siendo uno de los meses más auspiciosos para contraer matrimonio.

Juno Moneta gobernó varias actividades del estado, incluyendo la edición de dinero. En 269 a. C., Roma presentó una nueva moneda, los denarios, que eran acuñados en el templo mismo de Juno Moneta. La moneda mostraba la imagen de la diosa y su apellido, Moneta. En otras versiones de las monedas de Juno, la representaban reciclando, sosteniendo una cornucopia o una balanza con dinero apilado a sus pies, o con un pavo real a su lado. La frecuente fundición y acuñación de las monedas mantuvo al templo de Juno Moneta en constante operación durante 400 años. Al parecer había un "flujo constante" de acuñación de monedas.

Es interesante destacar que la palabra en latín *currere*, que significa "correr" o "fluir", es de donde se originó la palabra en inglés *currency* (moneda). El nombre de la diosa Moneta eventualmente sirvió para referirse al lugar en el que se creaban las monedas (la casa de moneda) y su producción (monedas). El anterior templo de Juno Moneta estaba en el antiguo Capitolio. En la actualidad, el lugar donde se encontraba el templo de Juno Moneta está debajo de los cimientos de una iglesia de ladrillos llamada Basílica de Santa María en Aracoeli.

Magia con monedas y metales

Que tus bolsillos sean pesados y tu corazón sea ligero.
Que la suerte te persiga cada mañana y cada noche.

BENDICIÓN IRLANDESA

En el capítulo anterior hay algunos conjuros que se hacen con arena magnética y monedas, pero trabajar con una moneda de la suerte es otra cosa. Una moneda de la suerte puede entrar en la categoría de "amuleto para la buena suerte" o talismán, depende de la manera en que decidas usarla. Cuando se trata de magia con monedas, los semejantes se atraen. Una moneda de la suerte puede ser una moneda especial, una que se haya acuñado en el año en que naciste o una moneda padre que te encuentres en un viaje.

En la magia usas las monedas para atraer o "jalar" todavía más dinero y riqueza. Las monedas suelen ser mejor que los billetes para los conjuros de prosperidad porque son más fáciles de manejar y no se queman, no se rompen ni se arrugan. La magia con monedas gira en torno a la magia con metales. Sin embargo el cobre, la plata y el oro tienen sus propias cualidades mágicas, así que debes tomarlo en cuenta cuando comiences a trabajar con monedas en los diferentes conjuros de este libro o con los que tú diseñes.

Cobre: Se cree que el cobre atrae rápidamente aquello que más deseas, lo cual suena lógico si piensas que su asociación astrológica es el planeta Venus. El cobre es un metal receptivo que se usa para atraer dinero, también se le asocia con el elemento agua. Es un conductor de la electricidad y se considera que es un metal de buena suerte. Y no me sorprende que la joyería mágica de cobre esté usándose otra vez. El cobre también complementa los conjuros relacionados a tu trabajo. Busca centavos de dólar que se hayan acuñado antes de 1982 —contienen más cobre— o busca los de un centavo que tengan las ramas de trigo. Esos fueron acuñados entre 1909 y 1958 y tienen la guirnalda de trigo en la parte posterior, son complementarios de las diosas de la prosperidad y la buena fortuna Juno Moneta, Paz, Abundantia y Fortuna.

Plata: Las monedas de diez centavos de dólar son clásicas en la magia popular —en especial la moneda de diez centavos en la que aparece Mercurio—. La plata se asocia astrológicamente con la luna y el elemento agua, se considera que es un metal femenino, receptivo. Aprovecha ese poder receptivo para "jalar" prosperidad, buena fortuna y éxito. La moneda de diez centavos de dólar de Mercurio (*Mercury dime*) contiene más plata que las actuales. Esta moneda se acuñó entre 1916 y 1945, y muestra una imagen de Libertad con un sombrero alado. Pero, la gente se confundió por la imagen y decía que se parecía al antiguo dios romano Mercurio, y se le quedó el nombre. La *Mercury dime* es un amuleto de las personas que apuestan (y no es para sorprenderte si piensas que el dios Mercurio era el patrón de los apostadores), además de que es un accesorio clásico en la magia para prosperidad de cualquier tipo.

Oro: Es el metal más valioso —en el que se basa el sistema monetario— y es el que se prefiere en la magia con monedas tradicional. También puedes ser práctico y usar joyería de oro si no quieres invertir en monedas de oro. El oro se asocia al sol y al elemento fuego. Se considera que este metal tiene energías masculinas y posee un tipo de energía proyectiva y activa. A lo largo del tiempo, el oro siempre se ha ligado a las deidades. El oro promueve la sabiduría y se cree que estimula el poder personal y te ayuda a emplear tu magia y a dirigirla más fácilmente. Los talismanes en forma de sol diseñados para la magia para la prosperidad y el éxito son especialmente proyectivos y poderosos. Otra cosa, si por lo general solo usas joyería de plata, puedes equilibrarla con un poco de oro, así tus energías receptiva y proyectiva estarán en armonía.

Un consejito práctico...

Algunas veces lo más simple y
aparentemente más tonto,
y lo más práctico es lo que más le importa a alguien.

PATTY DUKE

Para encontrar monedas de cobre, plata y oro para tus conjuros tienes que ser un poco creativo y salirte de lo convencional. Si trabajas en ventas al menudeo es muy probable que te topes con monedas viejas de uno y diez centavos —las monedas de diez centavos son especiales porque hacen un "clink" diferente cuando caen en el cajón de la máquina registradora—. No sé tú, pero yo no tengo monedas de oro guardadas en mi casa.

Lo que hice fue ir a una casa numismática, pero me negué a pagar 20 dólares por una moneda de oro. Me llevé dos *Mercury dimes* de plata que me costaron poco. Si quieres trabajar con monedas de oro pero necesitas vigilar tu presupuesto, piensa en esta alternativa práctica: usa la moneda de dólar dorada, en especial el dólar de Sacagawea.

En enero de 2000 pusieron en circulación la moneda de un dólar con la imagen de Sacagawea. Es una moneda dorada de cobre unido a capas de manganeso. O sea, técnicamente no es oro, pero tiene color dorado, su centro es de cobre y muestra a una valiente y aventurera joven que carga a su bebé en la espalda. Sacagawea es la india nativa americana que guió a Lewis y Clark en su expedición hacia el este de Estados Unidos. Me gusta la idea de usar una moneda que retrate a una joven madre fuerte y capaz —hola, energía de la diosa— además de que las monedas de Sacagawea han funcionado de maravilla en los conjuros en los que las he usado, así que inténtalo.

Conjuro de bolsillo

Otra magia popular hecha con monedas de plata consiste en aventarlas como si echaras un volado para tener prosperidad. Según la leyenda, tienes que alinear las tres monedas de plata, con el lado de la cara hacia arriba, cuando haya luna llena y una hora antes de la medianoche. La repisa de la ventana es perfecta. Después de la medianoche, las tres monedas se voltean del otro lado y se dejan durante una hora. Después, las monedas cargadas con la luna se guardan en la cartera para atraer más prosperidad.

Usa este verso cortito. Cuando termine la segunda hora y estés guardando las monedas en tu bolsillo o en tu cartera, repite lo siguiente:

Bajo la hermosa y brillante luna plateada,
esta noche encanto esta triada de monedas.
Con todo el poder de tres veces tres,
estas monedas prosperidad atraen.

Conjuro con *Mercury dime* para Mercurio retrógrado

Para cerrar el capítulo, aquí tienes un conjuro con monedas que te ayudará a minimizar los efectos que pueda causar Mercurio retrógrado.

Cuando Mercurio está retrógrado parece que el planeta estuviera moviéndose hacia atrás. Por lo general, suele suceder tres veces dentro de un año natural. Puedes esperar que haya broncas de comunicación, un poco de mala suerte, problemas con el correo electrónico y con los planes de viajes, que la computadora y los aparatos eléctricos no funcionen muy bien durante poco más de tres semanas.

Imagina que Mercurio retrógrado es una montaña enorme que debes escalar. Durante la primera semana, los problemas comienzan a aumentar; se te hace difícil y sientes que nunca llegarás a la cima. Luego, durante la segunda semana, las cosas se paralizan; llegas a la cima de la montaña. Las cosas comienzan a nivelarse pero estás cansado e irritado, con constantes molestias pequeñas. Para la tercera semana empezamos a deslizarnos por la montaña, el camino se vuelve más fácil, los problemas comienzan a disminuir.

Otra forma de considerar (más positiva) a Mercurio retrógrado es que es tiempo de pensar, de reconsiderar y reevaluar en dónde estás parado. Detente y analiza la manera en que pretendes avanzar con tus metas. (¿Te diste cuenta cuántos prefijos "re"? La palabra retrógrado comienza con re-, de manera que piensa en otras palabras que tengan un "re" al principio.)

Ahora, respira hondo y relájate. Mercurio retrógrado puede ser desafiante, pero no tiene que ser un megadrama. Es como es, así que prepárate, reexamina tus reacciones, avanza con una actitud positiva y ¡enfréntate a esos desafíos!

Provisiones:
- una veladora gris
- un alfiler recto o un cuchillo curvo (algo para grabar los símbolos de Mercurio retrógrado en la vela: ☿℞)
- un *Mercury dime* (busca en una casa numismática o en Internet)
- vaso para la veladora
- encendedor o cerillos
- una superficie plana, segura

Indicaciones: Consigue un *Mercury dime* y una veladora gris. En este conjuro usamos el color gris porque significa neutralidad. Después, en el lateral de la veladora graba los símbolos astrológicos de Mercurio retrógrado y luego una "X" grande sobre los símbolos. Por último, graba un círculo alrededor de los símbolos tachados de Mercurio retrógrado, de manera que queden tachados y encerrados en un círculo.

Sostén la vela apagada entre las manos y dale poder diciendo:

Sostengo entre las manos esta vela para el conjuro neutralizador que nulificará el efecto retrógrado a mi alrededor.

Ahora arde con una intención, a la vez radiante y verdadera,
recibo bendiciones en todo lo que quiera.

Coloca la moneda *Mercury dime* junto al candelero. Pon la veladora dentro del candelero y enciéndela. No olvides que las veladoras se vuelven líquidas —tienes que usar un candelero si no
quieres terminar con un charco de cera sobre tu altar—. Una
vez que la vela esté encendida, respira hondo, tranquilamente y
concéntrate. Ahora repite tres veces la invocación:

Mercurio, pícaro dios del ingenio,
la velocidad, el viaje y la comunicación,
escucha mi llamado ahora y ayúdame a pasar,
por estos tiempos fácilmente y sin pesar.
Con esta moneda y esta vela neutralizo
los efectos de Mercurio retrógrado.
Todo problema, molestia, dificultad y caos,
ahora acabado está.

Cierra el conjuro con estas líneas:

Por el poder de tres veces tres
este conjuro con éxito realizado es.

Deja que la vela arda en un lugar seguro hasta que se consuma
solita. Guarda el *Mercury dime* y vuelve a usarlo para otros conjuros que requieran una moneda de plata.

Truco de bruja: Haz este conjuro todas las veces que lo necesites
durante la fase retrógrada. He descubierto que hacerlo en miércoles —el día consagrado al dios Mercurio— aumenta su efectividad. ¡Recibe bendiciones!

Capítulo 7

Quitando obstáculos para tu éxito

Los obstáculos no pueden aplastarme. Todo obstáculo
se traduce en una firme resolución. Aquel que tiene
la mirada fija en una estrella no cambia de parecer.

LEONARDO DA VINCI

Estoy a punto de abrir este capítulo con una frase verdaderamente elocuente. Aquí estás, todo orgulloso por las nuevas metas de prosperidad y éxito, y por el progreso que has logrado pero, de repente ¡*Auch*! Te dan un revés en forma de un gran gasto que no tenías contemplado. ¿Es una maldición? ¿Será que una bruja celosa te echó un embrujo porque estaba yéndote bien y a ella no? ¿Tus conjuros dejaron de funcionar? ¿Te confiaste demasiado?

Puede ser que sí, puede ser que no. Algunas veces —y ahí viene la frase verdaderamente elocuente— ¡las cosas se ponen de la fregada.

Puede pasarle a cualquiera. Acabar en urgencias en el hospital, la reparación del coche, tu alguna vez sensato hijo que te llama de la universidad para contarte que se gastó el dinero de la colegiatura... Las deudas inesperadas se aparecen y tenemos que lidiar con ellas. A la vida le encanta ponernos nuevos retos. El chiste es no dejar que te arrastren. Tienes que seguir trabajando en tu magia y creando esas formas de pensamiento positivas. Claro que los contratiempos y los obstáculos son molestos, pero, respira hondo, piensa en todos los recursos que tienes a tu disposición y ¡ponte a trabajar!

Por ejemplo, cuando estaba terminando este libro, el calentador murió. La verdad es que el sistema de calefacción y aire acondicionado tenía más de 30 años y ya habíamos planeado cambiarlo en primavera, después de que me dieran mi pago por las regalías. Bueno, como dice el dicho: "Uno propone..."

Entonces, el día de Año Nuevo el calentador pasó a mejor vida. Intentamos arreglarlo y como que sí volvió a funcionar, pero la casa estaba muy fría. ¿A quién quería engañar? Desde hace años, la casa estaba muy fría en invierno y súper caliente en verano. Los recibos de consumo de luz eran demasiado altos y sabíamos que era culpa del aparato de calefacción y aire acondicionado. Sabíamos que el viejo sistema ya no era eficiente, pero habíamos planeado dar un enganche grande y financiar el resto en abril. Obviamente, la cosa no salió como pensamos.

Así que, el 2 de enero llamamos al técnico y nos dio la mala noticia. Nos enseñó que dentro del calentador había marcas de fuego y humo, los componentes se habían quemado. Eso da qué pensar.

Además, el sistema era tan viejo que el fabricante ya había cerrado, igual que la compañía que fabricaba las piezas de repuesto. (No nos sorprendimos porque, hace muchos años lo repararon y tardaron semanas en encontrar las piezas nuevas). De manera que nos sentamos a sopesar las opciones que teníamos. Podíamos financiarlo y —Dios Santo— no era mucho más barato que comprar un coche.

Gracias a que nos consideraron un caso de emergencia, la mañana siguiente llegó un grupo de técnicos que quitó el viejo sistema e instaló uno nuevo. Se tardaron todo el día, entonces tuve que hacer una fogata en la estufa de leña; me hice bolita para leer el libro de una amiga que me había pedido mi opinión, y no les estorbé. El equipo era amable, limpio y trabajó rápido. Se fueron ocho horas más tarde, me dejaron sus tarjetas y me dijeron que les avisara si tenía alguna duda para que vinieran de inmediato.

Durante la primera semana tratamos de acostumbrarnos al sofisticado termostato digital y a todos los ruidos que hacía el nuevo sistema. ¡Es sorprendente todo lo que un sistema de energía eficiente puede hacer! Comencé a bajar la temperatura del termostato de inmediato. Qué idea tan novedosa: el calentador se enciende y la casa se calienta. ¡Ja!

Luego empecé a notar un ruido muy fuerte afuera de la casa y que las luces bajaban un poco cada vez que arrancaba la unidad de compresión del calentador. Después de estar pendiente durante una semana, llamé a la compañía. Mandaron a un chico que revisó todo dos veces —sí, teníamos luz suficiente para que la unidad funcionara, de hecho, jalaba menos energía que la unidad vieja—. Entonces pidió una cubierta de compresión, que es un silenciador para la máquina exterior cuya función es que haga menos ruido cuando se enciende el compresor. Eso estaba cubierto por la instalación e iban a añadirlo sin costo extra.

Después sugirió que agregáramos un aparato extra a la unidad que no entraba en la instalación. Estaba diseñado para unidades más grandes y quitaría un poco de presión sobre la energía principal. Pero, como técnicamente no era necesario, no estaba cubierto por la instalación. Y no era nada barato. Le dije que iba a pensarlo y me dijo que pronto vendría alguien a instalar el silenciador.

A los pocos días vino otro técnico de la compañía. Yo estaba muy metida escribiendo, pero hice una pausa porque él tenía que entrar y salir de la casa, y mi gata decidió acompañarlo. Brie, mi gata calicó que suele ser tímida, se quería subir a sus piernas cada vez que el hombre probaba el nuevo sistema.

¡Qué bárbaro! El hombre no dejaba de hablar. Muy contento me contó que llevaba cuatro matrimonios y que estaba a punto de divorciarse por cuarta vez, y también me platicó de sus hijos, sus gatos y todo. Ahí sentado en el cuarto de lavado hablaba feliz. Él también sugirió que pusiéramos un control extra, pero le dije que no. Era demasiado caro.

Iba y venía, entraba y salía, y cuando entró para recoger sus herramientas e irse, se recargó contra la pared y empezó a preguntarme cómo era ser escritor.

Pasaron otros diez minutos... y yo trataba de llevarlo a la puerta. Pasaron 20 minutos... le di las gracias y le dije que tenía que seguir trabajando.

Entonces usé algo que nunca falla —algo que lo haría irse por fin de mi casa—. Cuando se detuvo y me preguntó qué clase de libros escribía (la respuesta estándar es "libros de no ficción de la Nueva Era"), le dije, con una sonrisa fingida: "Escribo libros sobre brujería".

Ya está. Adiós. Ahora sí ya se iba.

Abrió los ojos y ¡demonios! no funcionó.

Órale, dijo casi sin aliento, ¡genial! Ahora me preguntó si su padre, que había muerto, estaba bien en el otro lado. Sorprendida por el pésimo funcionamiento de mi plan maestro, le dije cuál era el nombre de pila de su padre. No lo pregunté, lo anuncié. Me miró sin parpadear pues había dado en el clavo y no había manera de que yo lo supiera. Así que le contesté que sí, su padre estaba bien.

¿Y qué onda con su novia actual? Preguntó, sin parpadear. Frustrada, le cuestioné quién era la mujer que formaba parte de su vida, cuyo nombre terminaba con A, que sería buena para él. Creo que su nueva novia era Lisa, o Linda —la verdad, no me acuerdo—. Pasaron diez minutos más antes de que pudiera llevarlo a la puerta, donde continuó con la plática.

La verdad es que nunca me incomodó. Yo trataba de ser cortés y él estaba tan contento que no podía molestarme, pero me sentía frustrada y a punto del enojo. Finalmente sonó el teléfono. Contesté y le dije que era mi editor (era una amiga), me dijo adiós con la mano y, por fin, se fue.

Un rato después, el hombre estaba afuera golpeando la máquina exterior. ¡Ay, ya! ¿Y ahora qué hacía? Para entonces ya estaba pensando seriamente en llamar a la compañía y quejarme de su comportamiento, cuando regresó a la puerta y me dijo que había instalado el interruptor súper caro y que no iba a cobrarnos nada.

Entró a la casa, lo probó y verificó que funcionaba perfecto. La intensidad de las luces ya no disminuía. Y otra vez, lo acompañé a la puerta... y pasaron diez minutos más. La verdad, este hombre hizo que *yo* pareciera tímida y callada. Y por fin se fue.

¿Y para qué te cuento esta historia? Me alegro de que me lo preguntes. Me pusieron el interruptor súper caro gratis. Me ahorré como 300 dólares por ser amable, por escuchar, por asegurarle que su padre estaba bien en el otro lado y por confirmarle que su nueva novia era una mujer maravillosa. Así que se dio la magia sin que yo lo planeara. Bien.

Mi esposo trabaja en el turno de noche, así que estuvo dormido durante toda la visita del técnico. Más tarde, cuando despertó, se rio hasta que se cansó cuando le conté del técnico que desayunó perico.

"¿Usaste el truco de *soy* bruja y le sacaste información de la cabeza, y ni eso sirvió para que se espantara y se fuera?".

"No", le dije molesta. "Solo sirvió para ponerlo más hablador".

Mi esposo rió, dijo que era útil estar casado con una bruja y fue a ver por sí mismo cómo funcionaba la calefacción con el nuevo aparato.

En cuanto a mí, me serví una copa de vino a las tres de la tarde y me sentí malvada. Mi esposo después se fue a trabajar y por fin pude seguir escribiendo.

Ya ves, mi vida tampoco es perfecta. No vivo en una mansión sobre una colina; yo diría que es más parecida a una casa de rancho de las afueras. De todas maneras, me enfrento a los retos que la vida me pone. Uso la magia para suavizar el camino cuando hace falta y hago mi mejor esfuerzo.

Y tú también deberías hacerlo.

Energía mágica personal:
diagnosticando conjuros de prosperidad

*Trabajar arduamente y trabajar inteligentemente
algunas veces son cosas muy diferentes.*

Byron Dorgan

Si sientes que hay resistencia a los conjuros de prosperidad que haces, entonces tienes que verlos desde un punto de vista diferente.

Quizá sea hora de identificar el problema, en dónde se originó y cuál es la mejor manera de resolverlo. Recuerda que la velocidad y el estilo en el que se desarrolla tu magia para la prosperidad son el resultado directo de tu intención y de tu foco emocional en el momento de hacer ese conjuro.

Todo esto se junta para formar lo que yo llamo Energía Mágica Personal, o EMP para abreviar. La EMP total representa la cantidad de pensamiento, esfuerzo, estilo y poder que le pones al conjuro en cuestión cuando lo creas. Si sumas todos esos factores, el resultado es un número de EMP. Te explico: en una escala del uno al diez, trata de calificar el desempeño de ese conjuro de prosperidad paralizada. Es algo fácil de hacer y puede darte mucha información en cuanto al estancamiento o bloqueo de tu conjuro.

Te pongo un ejemplo. Vamos a decir que un diez en la escala de la EMP representa tu mejor magia, perfección pura. Hiciste tu mayor esfuerzo y todo lo que estaba en tus manos. Todo salió lo mejor que pudiste en cuanto al momento astrológico del conjuro, un estado emocional correcto, tus accesorios mágicos, no olvidaste los principios herméticos, etcétera.

O más bien, honestamente, ¿estabas más cerca del otro extremo de la escala de la EMP? ¿Hiciste la magia al aventón? Ya sé que suena un poco irrespetuoso, pero en serio, ¿la hiciste al aventón? Si solo repetiste el conjuro que encontraste en un libro y encendiste una vela verde para darle efecto, sin pensar en los estados emocionales, ni en el momento astrológico, etcétera... ¿qué te digo? La calificación de tu Energía Mágica Personal sería muy baja. Esto es algo súper importante que debes recordar siempre: un esfuerzo energético bajo se traduce en una recompensa mágica baja.

Considerando todo lo anterior, trata de averiguar en qué lugar de la escala estabas cuando hiciste el conjuro que se estancó y asigna un número del uno al diez en la escala de la EMP. Mientras más alto sea el número, mejor consideras que fueron tu desempeño mágico y la energía que enviaste para manifestar el cambio.

Bueno, solo por poner un ejemplo, vamos a decir que te pusiste un cinco en la escala de la EMP. Hiciste lo mejor que pudiste y trabajaste durante la fase de la luna creciente para un aumento. Pero quizá era sábado, reflexiona... los domingos son mejores para obligar, disipar y minimizar la negatividad. ¡Diablos! Quizá ese conjuro de prosperidad no fue tan poderoso como creíste que sería.

Ahora, piensa en contra de cuánta resistencia energética del mundo terrenal trabajaste. A esa resistencia energética también dale un número del uno al diez. Déjame darte algunos ejemplos de la vida real para que tengas una mejor idea de cómo calificar la resistencia con la que pudiste haberte encontrado:

¿El ambiente era como de locos? Si un despacho de cobros no deja de llamarte o si acaban de despedirte, sería un diez. Digamos que te recortaron el número de horas laborales o que ya no te permiten trabajar horas extras y contabas con ese dinero para pagar unos recibos, entonces yo pondría esa resistencia energética alrededor del siete. Sí, tienes trabajo, pero las cosas no están color de rosa.

Por otro lado, si tu presupuesto comenzaba a apretarse o recibiste un cobro inesperado y pensaste que era mejor empezar a trabajar con la magia para la prosperidad antes de que las cosas empeoraran, entonces yo pondría un cuatro. Ahora, resta el número de la resistencia energética al número de tu escala de la EMP y mira el resultado. Ahí puede estar el problema.

Vamos a decir que pusiste un cinco a la EMP de tu conjuro, lo que significa que hiciste tu mejor esfuerzo pero, honestamente, hay cosas que podrían haber mejorado. La resistencia energética fue que te recortaron las horas que trabajabas, entonces le pusiste un siete. Y esto nos da un gran total de dos negativo.

¿Qué pasó? Acabas de encontrar el problema. Hay más resistencia a tu conjuro de lo que invertiste energéticamente.

Que te recorten las horas de trabajo es algo serio, y no va a ayudarte mucho una calificación de cinco en la escala de tu EMP. Igual que muchas otras cosas en este mundo, obtienes de tu magia lo que le pones.

Y esta es una oportunidad perfecta para subrayar que estar enojado por tu situación económica actual, estar asustado o sentir que no tienes esperanza, ahoga cualquier tipo de conjuro positivo que realices. Tómate un tiempo para planear tu magia para la prosperidad y obtener los mejores resultados —tómate uno o dos días para asegurar que estás en un estado energético correcto—. Estar impaciente por hacer este tipo de magia o hacerla al aventón porque tienes miedo, puede ocasionar resultados que no esperas, o desastrosos.

Veamos algunos de los errores más comunes que pueden afectar tu Energía Mágica Personal y la manifestación adecuada de tu magia para la prosperidad.

Resolviendo errores mágicos comunes

Tienes que aprenderte las reglas del juego.
Y entonces tienes que jugar mejor que nadie.

ALBERT EINSTEIN

Error, metida de pata, tontería, regada, contratiempo, burrada... no importa cómo le digas: un error mágico es una oportunidad para aprender y mejorar. Es una oportunidad para una epifanía mágica. La mejor manera de aprender algo es ver tus acciones del pasado y evaluar si puedes mejorar. Todos cometemos errores con la magia, y la diferencia con un practicante avanzado —o experto, como prefiero llamarle— es que aprende de sus errores, crece y sigue adelante.

Los practicantes expertos aprovechan *cualquier* oportunidad para mejorar. No es que debas sentirte mal por tu desempeño al hacer conjuros; es que resuelvas y aprendas para poder mejorar. No estoy tratando de criticarte. Quiero darte poder y enseñarte algo nuevo. Ármate de valor. Ten confianza y sé atrevido. Considera que es una oportunidad para adquirir más conocimiento e información.

• Lo primero que revisaría es si Mercurio estaba retrógrado cuando hiciste el conjuro. Eso puede ocasionar muchos problemas en la manera en que se manifiesta tu conjuro de prosperidad. Regresa al capítulo seis para obtener más información, vuelve a leer el Conjuro con *Mercury dime* para Mercurio Retrógrado, en ese capítulo.

- ¿Trabajaste con los principios herméticos y la ley de atracción o en contra? ¿No estás seguro? Bueno, no hay mejor momento que el presente. Vuelve a leer esos principios y la ley de atracción en el capítulo uno, y ve cómo puedes aplicarlos de manera correcta en el siguiente conjuro para la prosperidad. Necesitas aprender esa información en frío.

- ¿Cómo fue exactamente que pronunciaste el conjuro? ¿Escribiste el verso del conjuro o pediste al aventón algo no específico? Ten cuidado con lo que pides. Ser específico y cauteloso con lo que dices en tus conjuros y cómo lo dices es de suma importancia. Regresa al capítulo tres y ve qué puedes mejorar en cuanto a la mecánica de tu forma de hacer conjuros.

- Y, finalmente, ¿en qué estado emocional estabas cuando lo hiciste? He insistido tanto en esto por una muy buena razón. Tu energía mágica personal siempre debe ser optimista y centrada en abundancia positiva y en crear más riqueza. No debe estar centrada en preocupaciones económicas ni en el miedo a la carencia ni a la pobreza. Sé cuidadoso y responsable por lo que creas con tus formas de pensamiento energéticas.

La siguiente lista es un cuadro de las correspondencias más oportunas para tu magia de prosperidad.

Correspondencias para la magia de prosperidad

Fase lunar más oportuna: luna creciente (de nueva a llena)

Planetas asociados más oportunos: sol, Júpiter

Días de la semana más oportunos: domingo (día del sol) para el éxito, jueves (día de Júpiter) para la prosperidad y la abundancia

Colores para la magia de la prosperidad más oportunos: dorado (para el sol y el éxito), verde (para trabajos de prosperidad en general), azul eléctrico o púrpura (colores de Júpiter).

Cartas del tarot complementarias: el Mago, el Emperador, la Rueda del Año/Rueda de la Fortuna, el Sol, As de Pentáculos, también el Nueve y el Diez de Pentáculos; trabaja con estas cartas como provisiones en los conjuros para la buena suerte, incrementos, abundancia, familia próspera y hogar feliz.

Accesorios complementarios: arena magnética dorada, imanes.

Cuarzos complementarios: venturina, heliotropo, crisoprasa, citrino, esmeralda, jade, turmalina, lepidolita, malaquita, ágata musgosa, rodocrosita, ojo de tigre, turquesa.

Hierbas complementarias: laurel, potentilla, trébol, diente de león, raíz de Jalapa, malvarrosa, madreselva, menta, lunaria, roble, pino, shamrock, girasol.

Deidades complementarias: Abundantia, Lakshmi, Yemayá, Juno Moneta, Fortuna, Tyche, Ganesha.

Ganesha:
el que elimina obstáculos

Quise decir lo que dije y dije lo que quise decir.
El elefante es cien por ciento fiel.

Dr. Seuss

Ganesha, o Ganesh, es el amado y reverenciado dios hindú, regordete y con cabeza de elefante, conocido por eliminar obstáculos. Se le asocia con el éxito y la prosperidad, es un dios popular en el firmamento hindú. Tradicionalmente, Ganesha es una deidad muy popular entre los mercantes y los comerciantes y casi todos lo reconocen, por ello se dice que es el dios para cada hombre.

Es destructor del mal y dios de la educación, la escolaridad, la sabiduría y un hogar feliz. Como mencioné antes, está asociado a

Lakshmi. Se dice que, en donde sea que haya éxito y prosperidad, ahí está Ganesha; es amoroso y cualquiera puede trabajar muy bien con él. Si tienes obstáculos, ya sean espirituales o materiales, Ganesha estará encantado de ayudarte. Esta deidad con cabeza de elefante personifica el sonido primario OM. Sus grandes orejas de elefante significan que siempre está dispuesto a escuchar tus oraciones y peticiones.

En la iconografía clásica, Ganesha es representado con cuatro brazos y un colmillo. Cuenta la leyenda que rompió uno de sus colmillos para escribir una importante epopeya india. También hay un ratón a sus pies. Se considera que el ratón es su "vehículo", pues es rápido y es capaz de meterse hasta en el más pequeño de los lugares —igual que la magia de Ganesha.

Si estás ante obstáculos espirituales o materiales, si necesitas ayuda para obtener una beca (para ti o para un hijo), o para solicitar inscripción para la escuela o solicitar un trabajo, Ganesha es la deidad que debes invocar.

Cuando estaba trabajando en este capítulo, mi hija estaba haciendo los trámites para el posgrado, pues quería hacer una maestría en museología. Cuando llenó las solicitudes para varias universidades, dijo que estaría bien tener suerte o ayuda divina. Le conté sobre lo que estaba trabajando y le gustó la idea. Así que decidí probar y creé el conjuro a Ganesha.

Una semana después, la universidad que era su primera opción le envió una carta; no había sido aceptada en el programa, y se puso muy triste. Tengo que admitir que me extrañó. De manera instintiva sentí que la magia seguía en juego, así que no le dije nada y la apoyé mientras reajustaba sus planes y pensaba en otras opciones. Tres días después de la decepción, me llamó a mediodía.

"Ma...", me dijo con la voz temblorosa.

"¿Estás bien?", la interrumpí. Sentí que algo le pasaba y sabía que iba de camino al trabajo, así que me imaginé que era un accidente de coche.

"Estoy bien," dijo con suavidad, pero la voz seguía temblándole.

"¿Qué pasó?", le pregunté, seguía preocupada.

"Me aceptaron en el posgrado", dijo todavía temblorosa. Y empezó a contarme que esa universidad estaba más cerca de casa que la que era su primera opción y era mucho más accesible económicamente.

"¡Qué maravilla!", le dije.

"Ya hablé con el decano del departamento. Ma, ¡ya estoy dentro!", me dijo con emoción.

En este momento está muy metida en todo el asunto del papeleo y revisando las finanzas y los préstamos. Después de considerar la segunda opción, creo que será mejor opción para ella. A mi esposo, a su novio y a mí, nos gusta que esté a tan solo cuatro horas de camino a la casa. Algunas veces, cuando te relajas y dejas que la magia se manifieste, las cosas resultan mucho mejor de lo que esperabas. Así que, gracias Ganesha. Amigo, ¡te hiciste presente de manera espectacular!

Para obtener mejores resultados, es mejor que hagas los conjuros que necesiten la ayuda de Ganesha durante la fase de luna creciente (para aumentar).

Conjuro con Ganesha para eliminar obstáculos

Aquí tienes un conjuro muy lindo que invoca a Ganesha. Verás que en la quinta línea puedes personalizarlo.

Momento: fase de luna creciente.

Día de la semana: jueves (para prosperidad en general), miércoles (es mejor para la magia para la comunicación y para los conjuros relacionados con escolaridad, becas o para ayudar con la solicitud en una universidad).

Provisiones e indicaciones: tradicionalmente se le ofrecen flores rojas frescas y unos dulces indios llamados *ladús*. También puedes usar una galleta pequeña o un caramelo envuelto en papel rojo o amarillo. Se sugiere que las velas sean de color rojo y amarillo. Añade también algún incienso de aroma dulce. En cuanto a las flores, ve a la florería y busca claveles rojos pequeños. Estas florecitas huelen delicioso y duran mucho.

También sugiero que imprimas una pequeña imagen de Ganesha y la pongas en tu área de trabajo. Si quieres, puedes pegar la imagen en el vaso de una vela amarilla o roja. O si prefieres, enmarca la imagen y ponla en el centro, el lugar de honor.

Tómate unos minutos y planea este conjuro de manera respetuosa. Prepara el altar para que quede muy bonito, acomoda el área de trabajo con amor y cuidado. No olvides estar en el estado de ánimo correcto y con la energía adecuada. Recuerda la información de la EMP que te di antes, actúa siguiendo esa información con buena intención.

Cuando estés listo para empezar, dale poder a las velas roja y amarilla del conjuro para Ganesha con el siguiente verso:

Sostengo estas velas de conjuro entre las manos
representan la ayuda de Dios a todos mis hermanos.
Ahora arden con propósito e intención, fuerte y verdadero,
los obstáculos son eliminados de todo lo que quiero.

Una vez que le hayas dado poder a las velas, puedes encenderlas. Si vas a usar incienso, préndelo también.

Respetuosamente acomoda las flores frescas y los dulces. Cuando estés listo, di el siguiente verso:

OM Ganesha, OM Ganesha, OM Ganesha,
amoroso dios con cabeza de elefante de todos los hombres.
Escucha mi sincera petición por tu ayuda.
Te pido que cualquier obstáculo que
bloquee mi éxito gentilmente lo retires.
Que el camino hacia (la prosperidad/
la enseñanza/la beca) esté despejado
estas flores y dulces con agradecimiento, respeto y amor te ofrezco.

> *Por los elementos tierra, aire, fuego y agua*
> *las peticiones de tus hijos concedas.*

Deja que las velas se consuman solas en un sitio seguro. Coloca las flores en un florero y ponlas en un lugar importante. Lleva la galleta y el dulce (sin la envoltura) al jardín, deja que la naturaleza los reclame. Cuando las flores se marchiten ponlas en la basura para reciclarlas o en la composta.

¡Que Ganesha despeje tu camino con el éxito más maravilloso!

Conjuro con la carta de la torre para eliminar bloqueos y resistencia energética

Este es un conjuro teatral que trabaja con las energías de la luna menguante y la carta de la torre del tarot. En esta ocasión, vamos a trabajar con la luna menguante porque queremos que disminuyan, decrezcan y desaparezcan los obstáculos y la resistencia que pudiera haber para tu trabajo anterior de prosperidad. Esta es la magia de trabajar durante la fase de luna menguante.

En mi *tarot de las brujas*, la torre muestra un cielo tormentoso y oscuro que rodea a la torre alta sentada en un acantilado. Las nubes de tormenta descargan rayos y caen en la torre, arrancándole la corona de la parte superior.

Dentro de la torre arde un fuego, el cual limpia y transforma. Dos figuras caen de la torre —se precipitan con la cabeza hacia abajo—. Esto ilustra que este evento está fuera de su control.

La torre representada en esta carta de los arcanos mayores simboliza nuestra ambición. La corona de rubíes representa el ego; en la tradición mágica, los rubíes se usan para aumentar la conciencia. El relámpago de la escena representa que hay un *flash* de introspección; la brillante luz de la verdad iluminará cualquier situación. Los bloqueos están siendo retirados y la energía negativa por fin está siendo disipada. La transformación está ocurriendo, en este momento es necesaria una reevaluación. Cuando esta carta aparece en una lectura significa que habrá una revelación o un

La carta de la torre del tarot de las brujas

evento impactante que cambiará para siempre la manera en que te ves a ti mismo y a la gente que te rodea. No necesariamente es algo negativo. Ahora que se ha liberado toda esa presión acumulada dentro de la torre, el fuego que hay en su interior la limpiará y la transformará. Los bloqueos u obstáculos espirituales que tuviste alguna vez, han sido retirados. Lo que aprendas será útil a la larga.

Usar la poderosa imagen de la carta de la Torre en tu conjuro refuerza que serán eliminados los obstáculos a los que te enfrentas y la resistencia contra la que estás trabajando. No solo serán eliminados, sino que serán transformados en algo positivo.

Momento:

- Trabaja con este conjuro en particular durante la luna menguante (a partir del día después de la luna llena hasta la noche anterior a la luna nueva).
- Haz este conjuro al atardecer de un sábado (el día de Saturno). Es muy importante. Revisa el calendario astrológico y planéalo bien. Haz un gran esfuerzo y eleva tu calificación de la EMP. Esta fase lunar, día de la semana y momento del día específicos te ayudarán a quitar esos obstáculos y a eliminar la resistencia. Piensa que es el cierre de la semana y el final de las horas con luz del sol; es una poderosa combinación para retirar obstáculos y problemas.

Provisiones e indicaciones:

- una vela negra (para retirar obstáculos) —veladora o vela fina— y un candelero
- la carta de la Torre de tu mazo del tarot
- encendedor o cerillos
- una superficie plana y segura en la que la vela pueda arder sin problema hasta que se consuma sola

No olvides estar en el estado de ánimo correcto y con la energía adecuada. Recuerda seguir la información de la EMP que te di antes.

El momento es esencial en este conjuro. Coloca la carta en el centro de tu altar o espacio de trabajo. Acomoda la vela negra en su candelero y ponlo justo detrás de la carta. Coloca las manos a cada lado de la vela y dale poder diciendo las siguientes líneas:

Rodeo esta veladora negra con mis manos,
le doy poder para que envíe magia a todos mis hermanos.
Ahora arde con una intención, verdadera y radiante,
recibo bendiciones en todo lo que intente.

Durante unos minutos observa cuidadosamente la imagen de la carta de la torre. Visualiza que ahora está siendo nulificado y retirado cualquier obstáculo espiritual o resistencia para tu conjuro que antes hayas tenido. Mantén positivos y seguros tus formas de pensamientos.

Enciende la vela y repite el siguiente verso:

Como un relámpago que sale del corazón de la tormenta,
cualquier resistencia a mi trabajo ahora se aparta.
Todos los obstáculos son retirados,
el camino hacia delante está despejado,
la prosperidad viene a mí de cualquier lado.
Por el bien de todos, en perjuicio de nadie
por la magia del tarot, este conjuro está hecho.

Deja la carta en su lugar mientras la vela esté encendida, no olvides vigilar la vela. Luego, cuando la vela se haya consumido, devuelve la carta al mazo del tarot. Bendito seas.

Los tiempos difíciles
requieren magia creativa

El éxito no se mide en lo que logras
sino en la resistencia que encontraste y
el valor con el que mantuviste
la lucha contra los arrolladores retos.

ORISON SWETT MARDEN

Cuando se presenten los obstáculos y pongan barreras en tu camino hacia el éxito o cuando encuentres resistencia para hacer tus conjuros, necesitas mantenerte firme y seguir trabajando. Los últimos dos conjuros de este capítulo te sirven precisamente para eso. Anda, jálate las agujetas de tus botas de bruja para levantarte. No se vale estar de bajón. Levántate, sacúdete el polvo y comienza a trabajar otra vez con tu magia ahora mejorada —y pregúntate qué fue lo que aprendiste de este reto.

La vida está poniéndote lecciones constantemente y a nadie le gusta que sus planes y sus metas queden en modo pausa. Las brujas y los magos solemos asumir que este tipo de cosas no nos pasa a nosotros porque, digo... hacemos magia, ¿qué no? ¿No se supone que deberíamos ser inmunes a algo?

Pero no importa qué seas —bruja o común— cuando se trata de la vida, solemos disfrutar de las sorpresas que queremos. Las sorpresas de las que no disfrutamos son las que consideramos como problemas.

La mejor manera de salir airoso es usar tu sentido del humor. Sacar lo mejor de la situación y pensar con originalidad. Haz un diagnóstico de tus conjuros. Corrige los errores que hayas cometido y trabaja con tus nuevos y mejorados conjuros con entusiasmo e ímpetu.

Como practicante de la magia, cuentas con recursos y opciones que otras personas ni se imaginan. Si te encuentras en un atoro económico date el tiempo de escuchar a tu propia intuición. Consulta la información sobre el diagnóstico de conjuros en este capítulo, regresa a las leyes herméticas del principio del libro. Están justo al inicio por una razón importante: son tus cimientos y juntos construiremos una base mágica fuerte y poderosa.

Tu magia te ayudará. ¡No te desanimes!

Capítulo 8

Magia con hierbas y cuarzos para la abundancia, la buena suerte y la prosperidad

*La prosperidad comienza en la mente y depende solo
del uso completo de nuestra imaginación creativa.*

RUTH ROSS

USAR ELEMENTOS DE la naturaleza es una manera lógica de trabajar con la magia. Tanto en la magia con hierbas como en la magia con cuarzos, la planta o la piedra son un elemento natural valorado por sus propiedades mágicas y por el tipo de vibración que produce. Las piedras y las hierbas tienen diferentes tipos de energía y en este capítulo nos centraremos en las que están alineadas con la buena suerte, la prosperidad, el éxito y la abundancia. Si deseas reconectar con tu religión, estos dos tipos de magia práctica te mostrarán el camino.

La magia con hierbas y cuarzos es muy práctica. También es personal. Cada quien crea su propia forma de conectar y de trabajar con las hierbas y los cuarzos. Este estilo y la relación individual que se desarrolla solo te ayudará a fortalecer tu EMP y, por ende, los resultados exitosos de tu conjuro. Al incluir las hierbas y los cuarzos que te sugiero —y apuesto a que muchos ya los tienes— también puedes ahorrar dinero. Usa la información de este capítulo y sé creativo. Utiliza este conocimiento mágico como trampolín para crear muchos más tipos de conjuros prácticos para atraer prosperidad y abundancia.

La docena de hierbas de una bruja que hace magia para la prosperidad

...el alma del jardín verdadero yace en la prosperidad perfecta de las plantas de las cuales es el hogar.

GEORGE SITWELL

Estas trece hierbas son componentes clásicos usados en la magia para la prosperidad. La mayoría son fáciles de conseguir en un vivero o en el jardín. Ahorra dinero y usa productos de la tierra cuando sea posible. A ver qué tienes a la mano en la cocina o en tu jardín. Apuesto a que hay más hierbas mágicas de las que crees.

Por ejemplo, para tener éxito espolvorea un poco de manzanilla deshidratada en tus solicitudes o en los papeles del trabajo. Lleva contigo un trozo de cedro aromático para atraer el dinero, o esparce una pizca de canela molida en tu oficina, en tu casa o negocio para atraer la buena suerte —es fácil, discreto, práctico y muy, muy efectivo.

En esta sección encontrarás algunos versos de conjuros y también la creación de un círculo de hierbas para cualquier ritual de prosperidad. Puedes añadir sin problema el conjuro del círculo de hierbas a cualquiera de los conjuros de este libro o a los que crees tú. Para obtener más información sobre magia con hierbas (y muchos conjuros con hierbas) consulta mis libros *Garden Witchery, Garden Witch's Herbal, Book of Witchery* y *Herb Magic for Beginners.*

Laurel (*Lauris nobilis*): también se le llama laurel dulce, es una antigua hierba de victoria y éxito. En los eventos deportivos griegos y romanos se daban coronas de laurel a los ganadores. Esta hierba solar era sagrada para el dios Apolo. El laurel elimina la negatividad cuando haces tu conjuro, así que es bueno que lo añadas a cualquier magia con hierbas hecha durante la luna menguante. Con una pluma de tinta dorada escribe tu deseo de tener éxito y quema la hoja en la llama de la vela para que tu deseo se vuelva realidad.

Mientras quemas la hoja (con cuidado) repite el siguiente conjuro:

Hoja de laurel, hoja de laurel, te pido
que me concedas mi deseo de tener éxito.
Mientras la hoja es consumida por
la llama, mi magia se manifiesta.

La asociación planetaria del laurel es el sol; el elemento de correspondencia es fuego.

Potentilla (*Potentilla anserina*): también se le conoce como "pasto de cinco dedos", esta hermosa hoja perenne se encuentra en distintas variedades en el jardín casero. Añade potentilla a los conjuros de prosperidad para estimular la abundancia y la buena salud. Esta hierba te alienta a que vivas al máximo y a perseguir tus sueños. Atrae riqueza y prosperidad cuando se añade a *sachets* y a bolsitas de conjuros. La asociación planetaria es Júpiter, el elemento de correspondencia es la tierra.

Trébol (blanco) (*Trifolium repens*): esta "hierba" suele encontrarse en el pasto suburbano. El típico trébol de tres hojas es sagrado para la Triple Diosa y para la diosa celta Brigid. Un trébol de cuatro hojas estimula la buena fortuna y la magia para el dinero. De acuerdo con el lenguaje de las flores, el trébol blanco significa buena suerte y trabajo arduo. Se cree que si añades un trébol de cuatro hojas a tu zapato, la prosperidad y la buena suerte caminarán contigo. El pasto de trébol también garantiza la bendición de las hadas en tu magia para la prosperidad. La asociación planetaria del trébol blanco es Mercurio, el elemento de correspondencia es el aire.

Diente de león: la hogareña flor del diente de león y su follaje son usados en conjuros y encantamientos herbales para tener éxito, creatividad y conceder deseos. El diente de león se asocia con el solsticio de verano y la magia de las hadas. Como todo el mundo sabe, arranca un diente de león cuando ya tenga flores, pide un deseo, y sopla. Para darle una ayudita a esa magia, llama a las sílfides, las criaturas elementales del aire, para que se lleven tus deseos de prosperidad con la ayuda de la brisa del verano. Hacer esta sencilla magia en una noche de luna llena aumenta su efecto mágico. La asociación planetaria del diente de león es el sol y el elemento de correspondencia es el aire.

Raíz de Jalapa (*Ipomoea jalapa*): esta planta está relacionada a la gloria de la mañana y al camote. Cuando está en flor parece una gloria de la mañana roja. Sin embargo, la raíz es la parte más popular en la magia estadunidense. Se utiliza para tener éxito, riqueza y victoria. Para que sea efectiva, la raíz debe estar entera, y de ella se extraen aceites y pociones. La raíz entera funciona especialmente bien en la magia de los hombres y es un potente amuleto para que lo lleves a tus entrevistas de trabajo, sin importar que seas hombre o mujer. Es la hierba de los que apuestan, se añade a las bolsitas de hechizos y se utiliza como talismán de prosperidad. Enrolla un billete alrededor de la raíz y átalo con un listón verde. La asociación planetaria es el sol y Marte, el elemento de correspondencia es el fuego.

Malvarrosa (*Althea rosa*): esta hierba bienal del estilo de las casas de campo antiguas atrae la prosperidad y la magia de las hadas. La malvarrosa puede ser de diferentes colores y en variedades de flores solitarias o fasciculadas. Las hay de color amarillo, rosa, rojo, blanco y casi negra. En el lenguaje de las flores, la malvarrosa simboliza riqueza, fertilidad y ambición. Si plantas malvarrosas en tu jardín, las hadas bendecirán con suerte y éxito a todos los que habitan en tu casa. Lleva las semillas en tu bolsillo o añádelas a bolsitas de hechizos para prosperidad. La asociación planetaria de la malvarrosa es Venus y el elemento de correspondencia es el agua.

Madreselva (*Lonicera* spp.): se clasifica como un arbusto de hoja semiperenne. Según la tradición herbal, tener una madreselva cerca de tu casa es invitar a tu vida a la buena suerte y a la buena fortuna. Es una de las más fáciles de conseguir y de las hierbas de prosperidad más poderosas, la tenaz madreselva debe ser usada de manera generosa en la magia. Para atraer dinero, mete algunas flores de madreselva en tu bolsillo o cartera y, así como las abejas son atraídas por el olor de la madreselva, el dinero y las oportunidades serán atraídos a ti. (Para el mismo propósito puedes usar perfume con esencia de madreselva). La planta de la madreselva está tan ligada a la magia para la prosperidad que la incluí en la ilustración de As de Pentáculos en el *tarot de las brujas*. La asociación planetaria de la madreselva es Júpiter y el elemento de correspondencia es la tierra.

Menta (*Mentha* spp.): es una hierba perenne aromática que se expande rápidamente. La menta es sagrada para Hades/Plutón y Hécate. Cultivar una planta de menta en el jardín es una manera segura de atraer prosperidad a tu casa. No olvides que es una hierba agresiva y que se extiende rápidamente. Si no tienes cuidado, puede invadir el jardín, así que te sugiero que la tengas controlada en una maceta. La menta trae chispa y armonía al conjuro. Mete una o dos hojas frescas en tu bolsa o cartera para atraer dinero. La menta trae un soplo fresco a los proyectos financieros. La asociación planetaria es Plutón, Venus y Mercurio, el elemento de correspondencia es el aire.

Lunaria (*Lunaria*): también se le llama monedas del papa y planta de la plata. Esta hermosa planta atrae riqueza. Las semillas parecen monedas de plata y se usan en bolsitas de hechizos. Aquí tienes un conjuro con hierbas para trabajar con lunaria. En el fondo de un candelero transparente pon una semilla; coloca encima una veladora verde que ya hayas trabajado y le hayas dado poder, y enciéndela para atraer dinero. Para que tengas mejores resultados haz esta magia durante la luna llena. Este es el hechizo:

Lunaria, planta de la plata, ahora atrae dinero hacia mí,
bajo la luna llena tan brillante, te pido
que me bendigas con prosperidad.

Deja que la veladora se consuma solita en un lugar seguro hasta que se apague. Meter las semillitas redondas en bolsitas de conjuros o en tu bolsillo o cartera también atrae dinero. La asociación planetaria de lunaria es, obviamente, la luna y el elemento de correspondencia es la tierra.

Roble (*Quercus* spp.): el roble, árbol de hoja caduca, se asocia a muchos dioses como Zeus, Júpiter y Thor. Y no creo que te sorprenda el hecho de que el roble, en todas sus maravillosas variedades, está asociado con el trueno y el relámpago. Es un tipo de árbol que vive mucho tiempo y puede medir hasta 45 metros de altura. Los centinelas utilizaban los robles para señalar un lugar mágico. Según la tradición, usar una diadema o corona de hojas frescas de roble te otorgaba sabiduría y atención especial de los dioses del trueno. El fruto del roble, la bellota, es un sencillo talismán de bolsillo para el crecimiento y la prosperidad, y es una promesa de las cosas que vendrán. Añadir bellotas y pequeñas hojas frescas de roble a tus conjuros y bolsitas de hechizos de prosperidad no solo aumenta tu creatividad, sino que te ayuda a ganarte los favores de los dioses celestiales que han reclamado al roble como su árbol sagrado. La asociación planetaria del roble es Júpiter y el elemento de correspondencia es el fuego.

Pino (*Pinus* spp.): el árbol del pino es una planta conífera de hoja perenne. Vive mucho tiempo y existen diversas especies; es sagrado para deidades como Pan, Venus, Dionisio, Baco y Astarté. El pino está asociado a las fiestas de la mitad del invierno y al renacimiento del sol. En el lenguaje de las flores, el árbol del pino simboliza longevidad, resistencia y calidez —puras cualidades excelentes para tus conjuros de prosperidad—. El fruto del pino, la piña, simboliza abundancia y fertilidad, mientras que las agujas del pino disipan la negatividad y rompen maleficios. La asociación planetaria clásica de todos los pinos es Marte y el elemento de correspondencia es el aire.

Shamrock (*Oxalis*): esta popular planta de interior, también conocida como acederilla, no debe ser confundida con el trébol blanco. Cerca de la festividad de San Patricio puedes encontrar una gran cantidad de *shamrocks* que se vende en macetas. En el lenguaje de las flores, el *shamrock* simboliza buena suerte y alegría. En primavera recoge un *shamrock* en flor para añadir un poco de "suerte irlandesa" a tus conjuros con hierbas para la prosperidad. Se asocia al *shamrock* con la Triple Diosa y la magia celta. En la magia, el *shamrock* trae salud, buena suerte y dinero; estimula la fama y el éxito. La asociación planetaria es Venus y el elemento de correspondencia es la tierra.

Girasol (*Helianthus annuus*): el majestuoso girasol es sagrado para muchas deidades solares como Helios, Apolo, Brigit y Sunna. Esta flor crece cada año y recientemente se ha vuelto popular en las florerías. Hoy en día, hay girasoles de todos tamaños y colores, pero el significado mágico sigue siendo el mismo. El girasol simboliza éxito y fama. Si necesitas destacar entre una multitud —ya sea en una solicitud de trabajo, para una beca escolar, etcétera— es una excelente opción trabajar con girasoles en tu magia con hierbas. Puedes agregar pétalos de girasol a las bolsitas de hechizos o guardar varios tallos en un florero resistente y colocarlo en tu altar de prosperidad.

También puedes trabajar con las semillas. Hacer un círculo mágico de prosperidad con semillas de girasol (en el exterior, claro) es una manera hermosa de retribuir a los poderes de la naturaleza. Aquí tienes un verso para cuando hagas un círculo mágico. Prepara este conjuro cuando salga el sol para aprovechar el poder de un nuevo día y de los nuevos comienzos. Cuando estés haciendo el círculo del ritual, esparce las semillas de girasol sobre el pasto. Comienza desde el este y sigue el círculo en dirección de las manecillas del reloj. Di:

Comenzando en el este, este círculo de semillas de girasol hago,
que mi conjuro de prosperidad germine hoy y mi magia dure.
Mis deseos florecen y mi prosperidad con certeza crece
ahora generosamente doy y con abundancia recibo.

Trabaja con el conjuro de prosperidad que hayas preparado. Cuando lo termines, deja las semillas de girasol tal como están para que los pájaros se las coman —así como das generosamente, con abundancia recibirás—. La asociación planetaria del girasol es el sol y el elemento de correspondencia es el fuego.

Magia con bolsita de hechizos con hierbas para la prosperidad

Crea una bolsita de hechizos para una magia de prosperidad naturalmente poderosa, puedes hacerla sin importar la fase de la luna. Ten en cuenta que si la luna está creciente, entonces atrae prosperidad y éxito hacia ti. Si la luna está menguando, entonces usa la bolsita para alejar la carencia, la necesidad y las dificultades financieras.

Lee con atención la lista de hierbas y elige las que te gusten o las que puedas adquirir con mayor facilidad. Para este conjuro vas a necesitar las hierbas frescas que hayas elegido, un pedazo de tela de 15 centímetros y un listón de un color que haga juego para atar la bolsita. (Te sugiero verde para la prosperidad y la buena suerte o el dorado para el éxito y la riqueza). También puedes usar una bolsa de organza de las que venden ya hechas. Puedes encontrarlas en las tiendas de manualidades y son una excelente opción de bolsitas de hechizos para la gente que no cose. Para la magia de la prosperidad compra bolsitas de organza de color verde oscuro, verde claro, dorado metálico o blanco multiusos.

Coloca los ingredientes herbales en las bolsas ya cosidas y amárralas con el listón, haz tres nudos. Si vas a usar el trozo de tela, une las cuatro esquinas para obtener un paquetito. Ata el listón alrededor y haz tres nudos. Después di:

> *Con todo el poder de tres veces tres,*
> *Diosa, bendice mi brujería con hierbas verdes.*

Si la luna está creciente (de nueva a llena), a continuación di las siguientes líneas:

> *Con la luna creciente, mi prosperidad aumenta,*
> *un cambio positivo ahora mi magia suelta.*

Y si la luna está menguante (al día siguiente de la luna llena a la luna nueva), di las siguientes líneas:

> *Con la luna menguante mis problemas financieros disminuyen,*
> *un cambio positivo ahora mi magia suelta.*

Ahora coloca la bolsita de hierbas en la palma de tu mano y hechízala imprimiéndole tu propio poder personal. Mantén imágenes mentales de felicidad, prosperidad, buena suerte y éxito. Construye esas formas de pensamiento y haz que la ley de atracción comience a trabajar. Cuando sientas que la bolsita se está calentando en tus manos, di el siguiente verso:

> *Hierbas mágicas de prosperidad y poder,*
> *las conjuro para que me ayuden ahora.*
> *Gentilmente su magia natural a la mía añadan,*
> *trayendo hacia mí riqueza y éxito por doquier.*
> *Por el encantamiento de las hierbas, este conjuro está hecho*
> *es mi deseo, que así sea, sin hacerle daño a nadie.*

Guarda en tu bolso o bolsillo tu bolsita de hechizos y tráela contigo durante un mes. Después abre la bolsa y devuelve los ingredientes naturales a la naturaleza. Lava a mano la tela y el listón, o la bolsita de organza, y deja que se sequen al aire para que vuelvas a usarlos en otra ocasión.

La docena de cuarzos de una bruja para la abundancia, el éxito y la prosperidad

Estas gemas encierran vida: sus colores hablan,
dicen lo que las palabras no pueden.

GEORGE ELIOT

¿Qué onda con los cuarzos, piedras y gemas? Nos hablan a nivel elemental. Casi todas las brujas tienen una colección de piedras redondeadas, no he conocido a una que no tenga un recipiente con piedras o cuarzos puestos en algún lugar. La magia con cuarzos es una de las primeras con las que trabajamos y la apreciamos.

En la tierra y en las piedras, gemas y cuarzos hay una gran cantidad de poder. A continuación te doy una lista de mis piedras favoritas que aumentan la prosperidad. Estas piedras mencionadas suelen ser fáciles de encontrar —checa en la tienda de artículos de metafísica y revisa con detenimiento la selección de piedras redondeadas—. Las piedras están en orden alfabético con una breve descripción de sus asociaciones mágicas. Piensa cómo podrías emplear estas herramientas terrenales a tu brujería. Puedes usar cuarzos en joyería, meter algunas piedras talladas en tu bolsillo o bolso, añadir piedras a la bolsita de hechizo con hierbas para darle más poder o rodear la vela de un conjuro con piedras. Hay muchas maneras prácticas y creativas de usar las piedras y los cuarzos en tus conjuros.

Venturina: esta brillante piedra de color verde es una piedra multiusos de la buena suerte. Atrae dinero y suele decirse que es la piedra de los apostadores. La venturina puede ayudarte a encontrar los detalles que los demás pasan por alto; también aumenta tus cualidades latentes de líder, además de que estimula la creatividad y la perseverancia. Esta piedra mejora tu salud y puede protegerte de los molestos vampiros emocionales en el trabajo. Su asociación planetaria es Mercurio y su elemento de correspondencia es el aire.

Heliotropo: el heliotropo es una calcedonia verde jaspeado con puntos rojos. Esta piedra es buena para la salud, la riqueza y para promover el sentido de victoria. Coloca una piedra redondeada dentro de la caja registradora para atraer dinero. Otra interesante propiedad mágica del heliotropo es que alivia la depresión y promueve la sanación, lo cual lo convierte en una opción excelente para trabajar si te sientes triste por tu situación financiera. Usa el heliotropo para ayudarte a construir formas de pensamiento más positivas cuando comiences a poner en funcionamiento la ley de atracción en tu vida.

Dale poder a tu heliotropo con el siguiente conjuro: Eleva tu EMP y sostén los heliotropos en la palma de tu mano. Visualiza lo que necesites que hagan, programa las piedras con tu concentración y con tu meta mágica. Di:

El heliotropo la negatividad elimina,
que me limpie y me purifique su magia.
Mientras el heliotropo con el enojo y el conflicto termina,
este conjuro victoria y riqueza trae a mi vida.

La asociación planetaria del heliotropo es Marte, y el elemento de correspondencia es el fuego.

Crisoprasa: este tipo de calcedonia color verde manzana estimula la creatividad y saca tus talentos a la superficie. Si traes contigo una pequeña pieza, te traerá prosperidad. La crisoprasa promueve alegría y reduce la envidia, la codicia y la tensión en un ambiente de trabajo. Este lindo cuarzo también ayuda a que los clientes y los empleados sean leales. La asociación planetaria es Venus y el elemento de correspondencia es la tierra.

Citrino: este cuarzo solar es un poderoso limpiador y energizante. Es una piedra excelente para promover abundancia, pues te ayuda a atraer y a manifestar riqueza en tu vida. El citrino promueve la confianza en ti mismo, la prosperidad y el éxito. Es la piedra de la luz del sol y el gozo, es buena para sacarte de la melancolía. Esta fabulosa piedra promueve la tranquilidad interior, lo cual permite que la sabiduría guíe tu camino. Pon un cuarzo citrino en tu escritorio, en tu casa o en el trabajo, y deja que limpie la atmosfera, que elimine cualquier forma de pensamiento negativo. La asociación planetaria es el sol y el elemento de correspondencia es el fuego.

Esmeralda: esta piedra preciosa es una de las más caras del mercado, así que te sugiero que trabajes con cualquier joya de esmeralda que tengas o que uses piedras sin tratar y de poca calidad para la magia con cristales. Esta piedra estimula las sociedades exitosas y las amistades duraderas. Puede ayudar a unir grupos de personas y asegura que trabajen juntas y en equipo, lo cual hace que las esmeraldas sean perfectas para conjuros en los negocios. Esta gema mejora las capacidades clarividentes y te ayuda a abrirte para recibir la sabiduría del universo. Por último, se dice que la esmeralda fortalece el carácter y atrae realidades positivas. La asociación planetaria es Venus y el elemento de correspondencia es la tierra.

Jade (Verde): se dice que el jade te ayuda a descubrir tu propia belleza interior y tu propio valor. Si le das poder a una joya de jade y la usas todos los días, atrae energías prósperas a tu vida. Esta piedra emocionalmente tranquila le da a tu vida armonía, sabiduría y amistad. Por último, se cree que el jade verde ayuda a canalizar tu pasión de manera nueva y positiva. La asociación planetaria es Venus y el elemento de correspondencia es el agua.

Turmalina verde: también se le conoce con el nombre de verdelita; es la piedra de los comienzos nuevos y la creatividad. Le da un empujón a la magia con hierbas. La turmalina es una piedra sanadora que promueve la confianza en uno mismo y la buena salud. Se considera que es una piedra receptiva, de manera que, usarla como joya te ayudará a atraer prosperidad y alegría. Por último, la turmalina verde ayuda a transformar la energía y las formas de pensamiento negativas en positivas.

El siguiente es un conjuro sencillo para que le des poder a tu joya de turmalina o a tu piedra redondeada. Esto creará un talismán —un objeto hecho con un propósito mágico específico y que transforma la energía negativa en positiva:

Invoco a la turmalina con matices de profundo verde,
para que la energía negativa en positiva transforme.
Esta gema aumenta mi autoconfianza y me hace sonreír,
seré próspero y tendré salud en los tiempos por venir.

Lepidolita: traer esta chispeante piedra de color lavanda y púrpura atrae buena suerte al portador; es una piedra espiritual tranquilizante. Se cree que la lepidolita reduce el estrés y la duda, y tiene cualidades pacíficas. Es otra piedra que estimula el optimismo, también atrae buena fortuna. Además, la lepidolita ayuda a eliminar bloqueos emocionales en tus metas mágicas. Te ayuda a mantenerte a ti mismo y a obtener independencia económica. La asociación planetaria son Júpiter y Neptuno, el elemento de correspondencia es el agua.

Malaquita: la rayada malaquita es una hermosa piedra, popular en joyería y se obtiene fácilmente en piedras redondeadas. Se usa para mejorar la magia durante los trabajos mágicos, además de que aumenta tu EMP y le da un gran empujón a los conjuros de prosperidad. Se le conoce como la piedra del vendedor; suele colocarse en los cajones de las cajas registradoras para aumentar las ventas. La malaquita también se usa en conjuros de cuarzos para curar la depresión y para cuestiones de salud en general. Si tu malaquita se estrella de repente, está advirtiéndote de un peligro. La asociación planetaria es Venus y el elemento de correspondencia es la tierra.

Ágata musgosa: la piedra ágata musgosa está íntimamente relacionada a la tierra y se cree que te otorga el poder de ver la belleza inherente en toda la naturaleza. Es una piedra traslúcida con marcas verdes que se parecen al musgo; también es el talismán ideal para los jardineros, los paisajistas, los conservadores, biólogos, incluso floristas —cualquiera que se gane la vida trabajando con plantas o con la naturaleza—. El ágata musgosa es una piedra de éxito y está ligada a la magia de la prosperidad y la abundancia. Refuerza tu autoestima y es muy útil si la tienes contigo durante una entrevista de trabajo o en alguna junta importante, pues mejora la comunicación y reduce el estrés. También aumenta la capacidad del portador de llevarse bien con los demás. La asociación planetaria es Mercurio y el elemento de correspondencia es la tierra.

Rodocrosita: es una hermosa piedra con franjas en tonalidades rosa con blanco, y gris y negro. Es una piedra de amor y compasión. Y te preguntarás por qué la menciono entre las piedras de prosperidad. La rodocrosita nos ayuda a aprender de los errores del pasado y a ser compasivos. Recuerda la ley de atracción: si quieres atraer cosas positivas a tu vida, necesitas un estado mental alegre y emocionalmente positivo. Esta piedra aligera el estrés y ayuda a disminuir la ansiedad. Esta hermosa piedra rosa también aumenta la creatividad. Trae felicidad y gozo a tu mundo. Su asociación planetaria es Marte (hay quienes dicen que Venus) y el elemento de correspondencia es el fuego.

Ojo de tigre: la piedra con bandas doradas y café es usada para aumentar la prosperidad y el dinero. Es una piedra que estimula la energía, da valor y tiene propiedades protectoras. El ojo de tigre repele los sentimientos de celos de tus críticos, además de que te ayuda a tener los pies firmes en la tierra y a completar tus metas. Se usa mucho en joyería o como piedra pulida; es excelente para eliminar cualquier tipo de bloqueo, puede ayudar a alguien que quiera hacer cambios positivos en su vida. La asociación planetaria es el sol y el elemento de correspondencia es el fuego.

Turquesa: es un clásico amuleto de la buena suerte. La turquesa ayuda a que el éxito y la prosperidad se manifiesten en tu vida. Esta hermosa piedra de color azul verdoso atrae nuevos amigos y se cree que une las energías de la Madre Tierra y el Padre Cielo. Cuando se regala alguna joya de turquesa, bendice al que la recibe con opulencia y gozo. Haz conjuros de prosperidad con turquesa con la luna nueva creciente.

Aquí tienes un conjuro rápido con cuarzos que mezcla la energía de la fase lunar creciente con la energía de la turquesa.

Prepara el conjuro para hacerlo poco después de la puesta de sol, cuando la delgada luna creciente está en el oeste. Para comenzar sostén con firmeza un pedazo de turquesa en la mano. Eleva tu energía mágica personal y espera a que sientas que la piedra comienza a calentarse. Entonces sal y mira hacia la luna. Sostén la piedra en alto, hacia la luna, para que la fase menguante creciente la rodeé, entonces di:

Por la luna creciente de la diosa Diana,
a la Señora pido que me conceda una bendición.
Que de prosperidad llene a esta piedra,
que la magia de la gema turquesa conmigo se quede ahora.

Ten la piedra contigo durante un mes. Si quieres, puedes recargarla durante la siguiente luna nueva visible. La asociación planetaria de la turquesa es Venus y Neptuno, el elemento de correspondencia es la tierra.

Un conjuro con cuarzos para el éxito y la buena suerte

Lee con cuidado las siguientes instrucciones y decide tú mismo cómo quieres personalizar este conjuro con cuarzos para que sea más poderoso y singular.

Momento: se hace mucho hincapié en que este conjuro se haga durante la fase lunar creciente. También recuerda que hay dos días a la semana que son más oportunos para hacer magia para la prosperidad: el domingo, que corresponde al sol, la riqueza, el éxito y la fama; y el jueves, que se alinea con Júpiter, la prosperidad y la abundancia. De nuevo, te sugiero que hagas este conjuro durante la fase creciente para provechar la energía de crecimiento y aumento. O quizá, quieras sacar provecho de la luna llena para un máximo poder mágico. Si todo se acomodara, tendrías luna llena en domingo o jueves, pero sí es seguro que habrá un par de domingos o jueves cada mes durante el periodo de luna creciente. Consulta el calendario lunar y ¡empieza a planear! Al final depende de ti, pero yo creo que un poco de preparación y tomarte el tiempo para trabajar durante el momento más oportuno bien vale la pena.

Provisiones:
- cuatro cristales asociados a la prosperidad
- una vela verde (veladora, candela o vela pequeña) y un candelero
- encendedor o cerillos
- tu altar o una superficie de trabajo plana y segura

Indicaciones: toma la vela verde apagada. Puedes inscribirle el símbolo mágico que quieras. Usa el del sol ☉ si estás haciendo el conjuro en domingo, o el símbolo de Júpiter ♃ si lo haces en jueves. Si haces el conjuro cuando hay luna llena, entonces inscribe el símbolo que sientas que será más apropiado. Cuando estés inscribiendo la vela, dale poder con las siguientes frases:

Sostengo esta vela de la prosperidad en mis manos,
le doy poder para que envíe magia a todos mis hermanos.
Ahora arde con propósito e intención, fuerte y verdadero,
soy bendecido en todo lo que quiero.

Coloca la vela encantada en el candelero y enciéndela. Acomoda los cuatro cuarzos de manera uniforme en un círculo alrededor del candelero. Di en voz alta lo que hace cada cuarzo y qué poder aporta al conjuro. Por ejemplo: "Malaquita para aumentar mi energía, ojo de tigre para el poder y el valor, venturina para la buena suerte y heliotropo para que el cajón de la caja registradora esté lleno". ¿Me explico?

Ahora, una vez que has nombrado a los cuarzos y declaraste las energías que brindan a tu magia, di con reverencia el verso del conjuro, con intención y propósito:

Cristales de magia, de buena suerte y éxito,
con sus poderes soy bendecido.
Sus energías fortalecen la vela verde de mi conjuro,
buena suerte y prosperidad a mí han enviado.
El poder terrestre de los cuarzos este conjuro afianza,
mientras la brillante llama de la vela mi realidad ha iluminado.
Por la luz de la luna y la fuerza del sol,
es mi deseo, que así sea, sin haber lastimado a nadie.

Deja que la vela arda en un lugar seguro hasta que se consuma sola. Ten contigo los cuatro cuarzos durante un mes, después devuélvelos al resto de tus provisiones.
Bendito seas.

Y por último, toma en cuenta...

La mayor riqueza de una bruja es su ingenio.

KALA TROBE

Ahora que tienes toda esta información sobre hierbas y cristales al alcance de tus manos de bruja, tómate un momento para volver a leer todos los conjuros que hay en el libro antes de este capítulo. Sí, todos y cada uno. Ya sé, ya sé... qué fastidiosa soy. Pero igual hazlo.

Bueno, ya leíste todos los conjuros de los capítulos anteriores, ¿cómo crees que puedes añadir hierbas, cuarzos o ambos, a esos conjuros para acentuarlos y personalizarlos? Lo que diferencia a una bruja avanzada o experta de alguien que solo repite los pasos, es crear un conjuro único y propio, y agregarle su toque personal.

De manera que, con mucha sinceridad, te sugiero lo siguiente: haz un esfuerzo con tu arte. Añade personalidad, originalidad y esfuerzo a tu trabajo de prosperidad. De este tipo de magia obtendrás todo lo que estés imprimiendo en ella.

Capítulo 9

Magia práctica

Lo espiritual es el padre de lo práctico.

THOMAS CARLYLE

¿QUÉ ES EXACTAMENTE la magia práctica? La magia práctica también se conoce como taumaturgia, aunque es posible que nunca hubieras oído el término. Hace unos cuantos años, di una plática sobre cómo aumentar tu arte y, cuando presenté los temas de teúrgia y taumaturgia, la gente se quedó mirándome como si tuviera dos cabezas. Oye, no *todo* el tiempo es brujería de jardín. Aunque estoy especializada en hierbas y magia verde, también tengo otros trucos bajo mis mangas de bruja.

Puede ser que hayas visto estos términos en tus estudios pero no tienes ni idea de cómo aplicarlos a ti y a tu propia magia práctica. No obstante, la teúrgia y la taumaturgia son términos con los que deberías estar familiarizado —saluda a algunos de los temas principales del arte.

En los viejos tiempos, lo que diferenciaba a las brujas de los magos o hechiceros ceremoniales era el tipo de magia que hacían. Los magos ceremoniales practicaban teúrgia, también conocida como alta magia, mientras que las brujas trabajaban con la magia más práctica y terrenal, y se le consideraba como taumaturgia. Mira las siguientes descripciones:

La taumaturgia es el uso del poder mágico para influir sobre los eventos o predecirlos. Puede definirse como brujería o conjuro.

Este tipo de magia es sencilla y simple, se basa en el uso de elementos naturales. La magia con hierbas, la magia con cuarzos, la magia con velas y la magia simpática pueden llamarse magia baja —o, más correctamente, magia práctica—. El uso de las energías y la magia que se encuentran en la naturaleza y trabajar con las estaciones y los ciclos lunares, es taumaturgia. La taumaturgia trata de los resultados de tus conjuros que se manifiestan en el mundo físico.

Por otro lado, teúrgia se define como rituales diseñados para alinearse con lo Divino, o los reinos angélicos. También se le conoce como magia alta, la teúrgia es un tipo de magia práctica que hace hincapié en las metas más espirituales y en la comunicación directa con el Divino. La magia alta suele incluir matemáticas, astrología, alquimia y la cábala. La teúrgia es persuadir, pedir e incluso chantajear a un ángel o deidad para que haga algo por ti. Como bien te imaginarás, para ello se requiere una práctica de ritual extremadamente cuidadoso. La teúrgia es la magia realizada con los ángeles o los dioses, en la que los mismos ángeles o dioses interceden en los asuntos humanos.

Si hoy en día dices "magia alta" delante de muchas brujas, es muy probable que notes que la gente se pone nerviosa. El término magia alta suele hacer que la gente piense en un club de magia excéntrica de admisión restringida. Y la verdad es que sí hay gente que tiene ese estereotipo, pero no dejes que eso te desanime. Los que trabajan con la magia alta son simplemente magos ceremoniales y es posible que tengas más cosas en común con ellos de lo que te imaginas. ¿Qué cosas?, te preguntarás. Bueno, quizá te sorprenda saber que, si trabajas con magia angélica o energías y magia planetaria, entonces tienes los pies dentro de la alta magia tú también.

Corre a ver para que verifiques que todo sigue igual, no ha pasado nada extraordinario. Y no he conocido a ningún practicante de magia cuyo trabajo no se mezcle de la teúrgia a la taumaturgia y viceversa. Quizá nunca se han dado cuenta. En el mundo mágico de la actualidad no hay una separación obvia de las prácticas de teúrgia y taumaturgia. Tanto las brujas como los magos trabajan con ambos tipos. Alguna vez se consideraron separadas, pero en los tiempos modernos ambas prácticas mágicas se han fortalecido y han crecido juntas.

El autor Christopher Penczak dice lo siguiente sobre la práctica de teúrgia y taumaturgia: "La magia es magia sin importar la etiqueta que le pongas. El poder está en tus manos y es tú responsabilidad. Pero siempre hay una conexión divina, te des cuenta de ello o no".

Ahora, para que las cosas se pongan más interesantes y para aumentar un poquito tu habilidad mágica, vamos a centrarnos en la magia planetaria. La verdad es que la magia planetaria no se considera taumaturgia. Pero hay muchas aplicaciones prácticas que vamos a explorar. Déjame enseñarte cómo combinar estas energías planetarias en tus conjuros.

Magia planetaria

El verdadero hechicero es aquel cuyos conjuros funcionan no sobre los sentidos, sino sobre la imaginación y el corazón.

WASHINGTON IRVING

Algunos practicantes modernos consideran que la magia planetaria es una combinación de fórmulas de energía, de psicología y espirituales. También se piensa que las energías planetarias pueden ser una concentración de energía de deidades paganas. (Los nombres de los planetas se deben a los dioses romanos). En la antigüedad, se consideraba que los planetas eran el cuerpo físico de los dioses. En el caso de la magia, esos son los efectos planetarios psicológicos y arquetípicos. Más fácil, un arquetipo es un símbolo universalmente entendido que tiene una cualidad mítica, como padre, madre, sabio, bruja, héroe, guerrero, amante, etcétera.

¿Ves ahora por qué es importante esta información? Acepta la idea de que tu magia práctica para la prosperidad tiene diferentes capas y profundidades. No solo es encender velas verdes y repetir una bola de conjuros que riman; es mucho más. Es información real y avanzada para que te bases en ella. Piensa en todo lo que has aprendido sobre los principios herméticos, la ley de atracción, los cuatro elementos, formas de pensamiento, atraer abundancia, magia con hierbas y cristales y tu energía mágica personal.

¿Te acuerdas de que en la introducción dije que la magia es un tema engañosamente fácil? Ponte a pensar en todo el conocimiento que has añadido a tu repertorio mágico. Para realizar un conjuro de manera efectiva, en verdad requieres que tu corazón esté abierto y estar listo para recibir conocimiento. También necesitas estar metido en el juego y ser capaz de entender todas las sutilezas que posee este tipo de magia.

Al hacerlo estarás avanzando en el mundo mágico y convirtiéndote en experto. Este cambio energético requiere voluntad y compromiso. Es como digo siempre: la magia más fuerte y verdadera proviene de la mente y del corazón.

Combina la siguiente información sobre magia planetaria con la practicidad de la taumaturgia y aplícalo con imaginación y corazón a tus propios hechizos.

Júpiter

Son las estrellas, las estrellas del firmamento,
las que gobiernan nuestra condición.

WILLIAM SHAKESPEARE

El planeta Júpiter es el quinto desde el sol y el planeta más grande de nuestro Sistema Solar. En la antigüedad, los astrónomos conocían a Júpiter; los romanos le dieron nombre a este planeta por su dios principal, Júpiter, quien era el rey de los dioses —una deidad del trueno, del relámpago y de la pasión—, de manera que el nombre solo tiene sentido si tomas en cuenta el tamaño del planeta y las espectaculares nubes brillantes y las constantes tormentas que hay en su superficie. Júpiter tiene anillos, igual que Saturno y Urano, y la gran mancha roja de la superficie de Júpiter es una tormenta que ha estado activa durante más de 300 años.

En el último conteo había por lo menos 67 lunas orbitando alrededor de Júpiter, incluyendo las cuatro lunas del tamaño de un planeta llamadas Io, Europa, Ganímede y Calisto. Ganímede, la mayor de ellas, es más grande que los planetas Mercurio y Plutón; se distingue por ser el noveno objeto más grande del Sistema Solar. Esta enorme luna se llama así por un amante del equivalente griego de Júpiter, el dios Zeus.

Según la mitología griega, Ganímede —un joven hermoso— fue elegido por Zeus, llevado al Olimpo y convertido en inmortal con el honor de ser portador de la copa y amante de Zeus. Es interesante destacar que las cuatro lunas galileanas fueron nombradas con nombres de amantes o conquistas del dios romano Júpiter o el griego Zeus.

Astrológicamente, el planeta Júpiter representa la sabiduría. Influye sobre la expansión, el crecimiento, la mejora, el aprendizaje superior y la buena fortuna. Una teoría dice que, puesto que es el planeta más grande de nuestro Sistema Solar, con su propio cosmos de lunas y anillos, influirá y expandirá el efecto de todo con lo que entre en contacto.

Júpiter es la primera energía planetaria para la magia y para la prosperidad; tiene la capacidad de atraer lo que más deseamos. Se dice que, cuando trabajas en armonía con la energía de Júpiter, son tuyas las bendiciones de prosperidad, comprensión, mayor poder personal y buena salud.

El planeta Júpiter está ligado a los dioses como el romano Júpiter, el griego Zeus y el nórdico Thor. La energía planetaria de Júpiter tiene una afinidad natural con poderes de liderazgo, enseñanza, prosperidad, avance y benevolencia. Las correspondencias de magia práctica para Júpiter son las siguientes:

Correspondencias para Júpiter

Usos mágicos: prosperidad, abundancia, magia práctica, liderazgo, buena salud, sanación, magia de deseos

Símbolo: ♃

Día de la semana: jueves

Cartas del tarot: el Emperador, la Rueda del Año/Rueda de la Fortuna, As de Pentáculos

Símbolos naturales: rayo, hoja de roble, bellota, corona de hojas de roble, la cornucopia de la cabra nodriza Amaltea, la copa de la abundancia de Ganímede.

Animales: águila, cisne, hipogrifo

Elemento: agua

Deidades: Júpiter, Juno Moneta, Zeus, Thor

Arcángel: Sachiel, cuyo día es el jueves y su flor es la violeta; puedes invocarlo para asuntos de justicia, ley, riqueza, victoria, mantener el sentido del humor y amabilidad

Ángel de Júpiter: Zadquiel para benevolencia y buena fortuna, quema incienso para atraer su atención

Metal: zinc

Colores: azul eléctrico, verde, púrpura

Árboles: roble, junípero, tilo, maple

Hierbas: anís, borraja, potentilla, trébol, diente de león, higo, madreselva, hisopo, filipendula, nuez moscada, salvia

Cuarzos y gemas: zafiro, lapislázuli, amatista, turquesa, labradorita, aguamarina

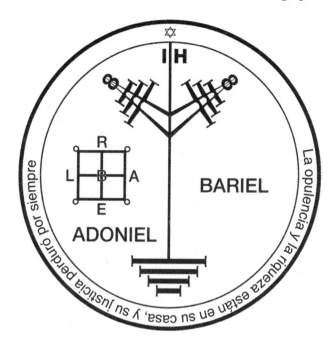

La opulencia y la riqueza están en su
casa, y su justicia perduró por siempre

El cuarto pentáculo de Júpiter

La clave del éxito es nunca dejar de aprender.
La clave del fracaso es pensar que lo sabes todo.

AUTOR DESCONOCIDO

Incluyo información sobre uno de mis pentáculos favoritos *La clavícula de Salomón*, específicamente del cuarto pentáculo de Júpiter.
Estos sellos o pentáculos de los planetas son talismanes y se basan
en los siete "planetas" antiguos. Hoy en día, las brujas las emplean ya
que funcionan muy bien en la taumaturgia (magia práctica).

Desde hace décadas he usado el cuarto pentáculo de Júpiter en
mis conjuros y mis trabajos de prosperidad, y tengo que admitir

que los resultados son muy emocionantes. Cuando trabajas con cualquiera de los pentáculos de *La clavícula de Salomón*, descubres la magia de los símbolos.

Imagínate que el cuarto pentáculo de Júpiter es una llave —la llave de tu ser superior—. Esto te permite tener una conexión más profunda con tu magia planetaria. No es diferente de tomar una llave para abrir una puerta —en este caso sería una puerta que está en tu mente—. Cuando ves el cuarto pentáculo de Júpiter, tu mente accede a un nivel diferente de conciencia. También, el uso repetido de un símbolo (como nuestro cuarto pentáculo de Júpiter) aumenta tu poder con el tiempo.

Imagínate que es como la pila de tu celular: la pila está a la mano y lista para usarla cuando la necesites, así que puedes utilizar este pentáculo planetario específico como llave para hacer funcionar tu mente para un propósito específico; en este caso, para atraer prosperidad a tu vida. Se cree que cuando los pentáculos son creados, hechizados, llevados o usados, cambian tus circunstancias. Estos pentáculos pueden atraer bendiciones y eliminar la negatividad. También estimulan tu poder mágico dependiendo del pentáculo planetario con el que estés trabajando.

Como escribí en *Practical Protection Magic*, puedes trabajar con los pentáculos de *La clavícula de Salomón* y lograr que tu magia sea práctica y directa. Para comenzar, imprime el cuarto pentáculo de Júpiter en un papel de color. Para ello, te sugiero papel de color azul pálido, o si quieres hacerlo a la antigua, reproduce la imagen con tinta azul sobre papel pergamino. (El azul es color de Júpiter y es el que hay que usar para crear este pentáculo mágico que estimula la prosperidad).

Después de imprimir el pentáculo en mi casa, recorto el símbolo con cuidado y lo pego en una vela de siete días para darle un empujón a mi magia. También suelo pasar esos pentáculos por mi máquina para hacer calcomanías y así puedo pegarlos en donde los necesito. De esta manera, puedo pegar el pentáculo que atrae prosperidad en mi cartera, en mi escritorio o en la cubierta de mi chequera. Si prefieres hacerlo de manera más clásica y permanente, puedes reproducir a mano el diseño (con tinta azul) en un disco de madera que compres en la tienda de manualidades.

Toma en cuenta que el momento mágico es una parte esencial para crear este pentáculo, por lo que te recomiendo que lo trabajes el día de la semana asociado con el cuerpo astrológico del nombre del pentáculo. En este caso, el cuarto pentáculo de Júpiter debe ser creado en jueves, el día de Júpiter.

Si buscas este pentáculo en Internet, lo más seguro es que encuentres un hermoso símbolo rodeado por una leyenda en hebreo. Yo no sé hebreo y tengo que admitir que me choca no saber exactamente qué dice o cómo se traduce un símbolo mágico. Así que investigué un poco y descubrí que las palabras que rodean al pentáculo se traducen como "la opulencia y la riqueza están en su casa, y su justicia perduró por siempre".

El pentáculo de la página 183 es la versión en inglés (en este caso traducido) que reproduje en un disco de madera. Y he estado usándolo desde hace más de 20 años.

Si quieres reproducir el cuarto pentáculo de Júpiter, te sugiero que primero hagas el dibujo con lápiz y te asegures de que está perfecto. Dibújalo el día adecuado, en jueves. Hazlo con calma y, una vez que haya quedado como te gusta, pásalo con cuidado a tinta azul indeleble.

En mi pentáculo permanente puse la traducción en ingles de la leyenda exterior porque no sé hacer las letras en hebreo. La palabra que aparece del lado derecho del pentáculo es el nombre angélico Bariel. La palabra que está debajo del cuadro del lado izquierdo es otro nombre angélico: Adoniel. En la parte trasera de mi pentáculo puse el símbolo de Júpiter en grande, con tinta azul, justo en el centro. Un pentáculo inscrito en madera es un buen símbolo visual para usarlo cuando hagas conjuros, e incluso puede ser un amuleto para que lo traigas contigo.

Aquí tienes un verso para que te unas a la magia de tu recién creado cuarto pentáculo de Júpiter. Y sí, también debes trabajarlo en jueves. Te sugiero que lo hagas en cuanto termines de crear tu cuarto pentáculo de Júpiter permanente.

Sostén con firmeza tu recién creado pentáculo y di en voz alta exactamente lo que necesitas que haga —en este caso, traerte riqueza, sabiduría y prosperidad de manera correcta—. Después di el siguiente verso:

Brujería práctica con la magia antigua combinada,
para usar este encantamiento, hay que ser osado.
Hecho el día de Júpiter, ahora la magia ha comenzado,
combinando riqueza, éxito y sabiduría mágica.
Ahora mi magia integro con este pentáculo de poder,
que me traiga prosperidad por doquier.

Espero que disfrutes trabajando con este pentáculo de *La clavícula de Salomón*. De verdad que añade poder a tu magia práctica para la prosperidad.

El sol

No importa lo oscura que sea la noche, de alguna
manera el sol sale de nuevo y disipa todas las sombras.

David Matthew

Brillando en el centro de nuestro sistema solar, el sol lo ilumina todo. Endiosado y venerado a lo largo del tiempo, el sol ha sido considerado como dios o como el dios principal en varias religiones. Alguna vez, los reyes rigieron por el poder del sol y aseguraban que descendían de él. Es símbolo de poder divino; el sol es quien brinda vida y luz. Es nuestra estrella más cercana, se cree que se formó hace unos cuatro mil millones de años. Sin él, no habría vida en la tierra. El halo que lo rodea es su atmósfera exterior. La ciencia dice que el halo es más grande que el sol mismo. El halo se expande constantemente al espacio y forma un viento solar que llena todo el Sistema Solar. También es interesante destacar que el color del sol es blanco en realidad, pero debido a la atmósfera azul de la tierra es que lo vemos amarillo.

El sol es el planeta más importante en la astrología personal. Representa nuestra mente consciente, nos dice quiénes somos y hacia dónde vamos. Tu signo de nacimiento es, de hecho, tu signo solar. Del sol es de donde obtenemos nuestra identidad y se dice que el sol nos enseña lo que estamos aprendiendo a ser. Revisa los rasgos de personalidad de tu signo solar para descubrir qué lecciones tiene el sol para ti.

Y hay más, la luz dorada del sol nos bendice con fortaleza, vitalidad, energía y la voluntad de tener éxito. Representa esa chispa de creatividad y nos concede el poder de levantarnos y enfrentarnos a cualquier reto. Desde una perspectiva mágica, el sol simboliza la chispa divina que todos llevamos dentro.

En la mitología griega y romana, el sol era representado por el dios Helios, uno de los Titanes. Eventualmente, Helios, llegó a simbolizar al sol físico que viajaba a través del cielo, mientras que el dios grecorromano Apolo se asoció con la sanación, la profecía, el conocimiento y la luz.

Nota de magia práctica: recuerda que, en la antigüedad, el sistema astrológico mágico clásico era determinado por Ptolomeo. Usó los cinco planetas visibles para el ojo humano y la luna y el sol. De esta manera, el sol, la estrella más próxima, se involucró en la magia planetaria.

Correspondencias para el sol

Usos mágicos: éxito, riqueza, incremento, fama, magia práctica, logro de metas personales, poder invencible, regeneración

Símbolo: ☉

Día de la semana: domingo

Cartas del tarot: el Sol, el Carro, Fuerza

Animales: león, fénix, halcón, caballo alado

Elemento: fuego

Deidades: Helios, Apolo, Brigit, Sunna

Arcángel: Miguel, cuyo día es el domingo y su flor es la caléndula; puedes invocarlo para pedirle fortaleza, protección divina, verdad e iluminación

Metal: oro

Colores: amarillo, dorado

Árboles asociados: fresno, hoja de laurel, roble, serbal, hamamelis

Hierbas: agave, angélica, caléndula, clavel, manzanilla, canela, incienso, muérdago, naranja, peonia, romero, ruda, hipérico, girasol

Cuarzos y gemas: citrino, diamante, piedra del sol, ojo de tigre, topacio, jaspe amarillo, circonia

Un ritual solitario al amanecer para atraer éxito y prosperidad

Momento: trabaja este ritual solitario en domingo cuando salga el sol

Provisiones:
- una veladora amarilla o dorada
- un alfiler recto o cuchillo curvo (para inscribir la vela)
- un candelero para veladora
- un plato pequeño (plato para taza)

- arena magnética dorada
- cerillos o un encendedor
- la carta del Sol y la Fuerza del tarot
- flores solares frescas, como girasoles, claveles amarillos, caléndula y hojas de roble frescas
- un florero lleno de agua fresca
- cuarzos como ojo de tigre, citrino y jaspe amarillo
- una toalla pequeña
- una superficie plana, segura

Indicaciones: este conjuro tiene instrucciones y un momento específico para ayudarte a elevar tu energía mágica personal. Media hora antes de que amanezca, prepara tu área de trabajo de manera que quedes mirando al este y al sol naciente. Es mejor hacerlo en el exterior pero, si no hay más remedio, usa una ventana que dé al este.

Conforme el sol aparezca en el horizonte, eleva los brazos para recibirlo y absorbe su luz. En el nacimiento de un nuevo día hay magia que puedes aprovechar. Empápate de energía solar durante unos minutos y prepárate para enviar esa energía a la creación de tu conjuro.

Cuando sientas que estás listo, coloca el candelero de la veladora en el centro del plato pequeño. Con la arena magnética dorada dibuja un círculo delgado en el plato, alrededor del candelero. Límpiate las manos para eliminar la arena. Acomoda el resto de los componentes del conjuro como te lata en tu altar. Cuida que las cartas del tarot y las flores estén lejos de la vela.

A continuación, dale poder a la vela y con el alfiler o cuchillo inscribe el símbolo astrológico del sol: ⊙. Céntrate y ponte en un estado de ánimo positivo y alegre. Dale poder a la vela del conjuro sosteniéndola en alto con tus manos para que la luz del sol brille en ella; entonces di el verso para darle poder a la vela:

Sostengo esta vela de prosperidad en mis manos,
le doy poder para que envíe magia a todos mis hermanos.

Ahora arde con propósito e intención, fuerte y verdadero,
soy bendecido en todo lo que quiero.

Coloca la vela inscrita y bendecida en el candelero. Repite el siguiente verso de ritual con intención y propósito:

Con la luz del amanecer en el día del sol,
este conjuro ha de comenzar.
Conforme la luz aumenta, mi vela arde y mi magia empieza a girar.
Flores y piedras del sol, concédanme sus poderes ahora,
llevando a mis metas fortaleza y armonía.
La arena magnética dorada atrae éxito a todo lo que hago y digo,
las cartas del tarot me ayudan a centrarme,
y hacen que mi magia sea fuerte y verdadera.
Todo se combina y se expande, creando
un cambio para que todo el mundo lo vea.
Esta luz dorada me bendice con éxito, riqueza y energía.

Deja que la vela arda en un lugar seguro hasta que se consuma por completo. Una vez que se extinga, devuelve las cartas del tarot al mazo. Pon las piedras en tu bolsillo durante algunos días para mantener la energía solar. Puedes poner las flores en un sitio donde se noten hasta que comiencen a marchitarse; después devuélvelas a la naturaleza, ponlas con la basura del jardín o en la composta.

La docena de deidades de una bruja que hace magia para la prosperidad

Las deidades bendicen a los diligentes.

Sam Veda

A continuación te doy información sobre trece deidades que se asocian a la abundancia, riqueza y prosperidad. Esta información te será útil cuando tus hagas conjuros y amuletos propios para prosperidad. Encontrarás un poco de información sobre el firmamento y las características de las deidades. Además, hay colores que se asocian y, en algunos casos, correspondencias de piedras, cuarzos, metales y hierbas para que las uses en su magia.

Abundantia (romana): la diosa de la abundancia de la tierra. También se le identificaba como Rosmerta y suele ser representada sosteniendo una canasta con fruta. *Colores*: verde y dorado. *Metal*: oro. *Cuarzo*: ágata musgosa. *Hierbas*: trigo, maíz, todas las frutas y los granos.

Bona Dea (romana): la "Buena Diosa" de la prosperidad, la abundancia, la fertilidad femenina; es una diosa madre, suele ser representada con una cornucopia, un tazón y una serpiente enroscada alrededor del brazo derecho. La serpiente es símbolo de sanación y regeneración. Una de sus festividades es el 1 de mayo. *Colores*: dorado y púrpura. *Metal*: oro. *Cuarzo*: amatista. *Hierbas*: vid y uvas.

Cerridwen (galesa): la diosa de la manifestación, inspiración, transformación y sabiduría. Cerridwen es una diosa bruja. Entre sus símbolos están el caldero de la transformación y la luna menguante. Es excelente para pedirle que desaparezca la pobreza y la mala suerte. *Colores*: negro y verde. *Metal*: hierro. *Cuarzo*: azabache. *Hierba*: maíz.

Dagda (protocelta): el amable y generoso dios padre de Irlanda es el protector de su pueblo. Dagda posee un caldero siempre rebosante, que jamás se vacía. Se le asocia con la generosidad, la riqueza y la regeneración. *Colores*: verde y café. *Metal*: bronce.

Deméter/Ceres (grecorromana): diosa madre de los granos, la agricultura y la cosecha, es una deidad benevolente e irascible.

Deméter/Ceres es responsable de las cambiantes estaciones. Cuando lamenta la ausencia de su hija Perséfone, que durante una parte del año está en el inframundo, la tierra se vuelve fría y comienza el invierno. Cuando Perséfone vuelve al lado de su madre, comienza la primavera. Si estás cultivando un jardín, Deméter/Ceres es la adecuada para ti. *Colores*: dorado, verde y rojo. *Cuarzos*: ágata, turmalina verde y malaquita. *Hierbas*: trigo y amapola.

Fortuna (romana): la diosa de la felicidad y la buena fortuna, Fortuna, es conocida como la que hace girar la rueda del año. Es la diosa del destino y la oportunidad. Suele ser representada como una mujer alada que se balancea sobre un globo terráqueo o con la rueda de la fortuna y una rebosante cornucopia. Para los griegos, esta diosa es conocida como Tyche (Tiqué). En el capítulo cinco hay un conjuro con Fortuna. *Colores*: verde, dorado, plata. *Metales*: oro, plata y bronce. *Cuarzos*: amazonita y venturina.

Freyr (nórdico): es un dios de la agricultura. Se le asocia con la paz, el placer, la virilidad y la prosperidad; es hermano de la diosa Freya. Freyr se asegura de que todas tus necesidades materiales estén satisfechas. *Color*: verde. *Cuarzo*: jade y malaquita. *Hierbas*: trigo, maíz, cebada y cualquier grano.

Gaia (griega): la madre tierra primordial. Como la personificación de la tierra, todo trabajo de prosperidad está bajo su dominio. Gaia es la madre de los Titanes. Añade abundante energía terrenal y rica a tu magia. *Colores*: verde y café. *Cuarzos*: verde, ágata, malaquita y jade. *Hierbas*: todas las plantas.

Ganesha (hindú): esta amada deidad con cabeza de elefante es la que elimina los obstáculos y se asocia a la riqueza y a la buena suerte. Es popular con los mercantes, comerciantes y estudiantes. Invócalo para que te ayude con solicitudes y becas. Consulta los capítulos cuatro y siete para obtener más información y conjuros que invoquen a Ganesha. *Colores*: amarillo y rojo. *Metal*: oro. *Cuarzo*: zafiro amarillo. *Hierba*: caléndula.

Juno Moneta (romana): es uno de los aspectos de Juno. Juno Moneta mandaba sobre la casa de moneda romana. Consulta el capítulo seis para obtener más información. *Colores*: azul pavorreal, dorado, plateado y verde. *Metales*: oro, plata, bronce. *Hierbas*: lirio y verbena.

Lakshmi (hindú): la diosa madre de cuatro brazos que personifica todas las formas de riqueza, generosidad y abundancia. En el capítulo cuatro tienes más información y un conjuro con Lakshmi. *Colores*: rojo y dorado. *Metal*: oro. *Piedras semipreciosas*: rubí y perla. *Hierbas*: loto y caléndula.

Lugh (celta): un dios céltico del sol, Lugh, era el benévolo que daba las cosechas. Su festividad es el 1 de agosto, o *Lughnasadh*. *Colores*: amarillo, dorado y café. *Metales*: bronce y oro. *Cuarzos*: piedra solar y citrino. *Hierbas*: zarzamora, trigo y granos.

Ra (egipcio): el dios sol egipcio, Ra, era la personificación del sol en el cielo y dios del nacimiento y del renacimiento. Es un dios solar que se invoca para pedirle éxito y poder. *Colores*: amarillo y dorado. *Metal*: oro. *Cuarzo*: lapislázuli.

Zeus/Júpiter (grecorromano): el dios padre de los firmamentos griego y romano y dios del trueno, del cielo y de las tormentas. Invócalo para pedirle éxito, justicia y victoria. Zeus/Júpiter es una fuente inagotable de energía y magia. Concede sabiduría, astucia y prosperidad si lo invocas de manera respetuosa. *Colores*: blanco y dorado. *Metal*: oro. *Cuarzo*: ámbar (sugiero la resina fósil, pues se sabe que aguanta una descarga eléctrica). *Hierbas*: verbena, bellota, follaje del roble y madera.

Ritual de prosperidad para un grupo

La prosperidad verdadera es el resultado de la bien puesta confianza en nosotros y en nuestros semejantes.

BENJAMIN BURT

Aquí tienes un ritual de prosperidad para que lo hagas con tu círculo o aquelarre. Llega un momento en el que todo el grupo necesita un pequeño empujón hacia la prosperidad o al trabajo para tener éxito y abundancia positiva. Este ritual invoca a cuatro deidades; se invoca a una por cada punto cardinal. Son complementarias para el trabajo de prosperidad y la magia en general. Aquí están las indicaciones básicas, pero obviamente puedes personalizar este ritual según las prácticas o tradiciones de tu grupo.

Momento: es mejor realizar este conjuro durante la luna creciente o en la noche de luna llena.

Provisiones: para flores, usa rosas amarillas frescas; para cuarzos y hierbas, ve la lista de cuarzos y hierbas del capítulo ocho o en el apéndice. También incluye monedas de oro (si es posible), monedas de diez centavos de dólar (*dimes*) de plata y las monedas de un centavo de dólar con la guirnalda. Incluye imágenes de Ganesha, Lakshmi, Fortuna y Juno Moneta.

A tu altar puedes añadirle unas cuantas plumas de pavorreal para Juno Moneta, la carta del tarot de la Rueda del Año/Rueda de la Fortuna para Fortuna, y monedas, caléndulas y dulces para Ganesha y Lakshmi.

Indicaciones: prepara un altar muy bonito dedicado a la magia para la prosperidad. Cubre la mesa con tela dorada o verde. Coloca velas doradas y verdes en un caldero en el centro —tenerlas en el caldero mantiene las llamas controladas, cosa que es muy importante especialmente en un altar con muchos objetos—.

Puedes esparcir arena magnética dorada en el fondo del caldero y colocar las velas encima.

Quizá necesites una mesa grande para acomodar todo a tu gusto. Dedícale tiempo para que el altar quede hechizante, atractivo y adecuado para tu grupo. Que los participantes lleven objetos para contribuir al altar. Todos estos objetos e imágenes ayudarán a vincular la magia de prosperidad directo al aquelarre/círculo y a sus seres queridos.

Una vez que esté listo el altar y las velas centrales estén encendidas y titilando, reúnanse en círculo alrededor del altar y hagan el ritual juntos.

Llamados a los cuatro puntos:

(ESTE) *Fortuna, diosa de la rueda del año y la buena suerte, danos buena fortuna e iluminación.*

(SUR) *Juno Moneta, gran diosa y patrona de la casa de moneda romana, siempre en invierno, primavera, verano y otoño danos bendición.*

(OESTE) *Lakshmi, señora danzarina de la riqueza y gozo espirituales, ven a nuestras vidas y guía nuestras manos y corazones.*

(NORTE) *Amorosa Ganesha, elimina todos los obstáculos de nuestro éxito, con cuidado bendícenos mientras crecemos juntos en las artes de la magia.*

Haciendo el conjuro del círculo: comiencen en el cuadrante este, que la primera persona tome la mano de la que está a su izquierda y diga:

Mano a mano hago el círculo.

La segunda persona lo repite mientras toma la mano de la que está a su izquierda —y así con todos los miembros del círculo, uno por uno, hasta que todos hayan dicho la frase en el sentido de las manecillas del reloj. Cuando la última mano haya sido tomada y estén todos asidos, digan al unísono:

El círculo está hechizado; estamos entre los mundos.

Pueden soltarse las manos. A continuación se dice el verso del conjuro de prosperidad. Todos los miembros del grupo deben decirlo al mismo tiempo:

Verso del conjuro:

A Fortuna, Juno Moneta, Lakshmi y Ganesha invocamos,
para que combinen sus energías y nos bendigan a todos,
con abundancia positiva, éxito y prosperidad, a nivel,
espiritual y económico. Que todas sus bendiciones divinas de
maneras positivas y constructivas experimentemos.

Fortuna, bendícenos con buena suerte y sabiduría,
conforme caminamos felizmente por la rueda del año.
Que tu cornucopia fluya con libertad, permitiendo
que la magia bañe nuestras vidas.

Juno Moneta, sabia señora, que aprendamos a manejar
nuestras finanzas de manera inteligente; con tus bendiciones
que nuestro dinero se multiplique y crezca.

Lakshmi, danza hacia nuestras vidas y enséñanos a ser ricos,
también a nivel espiritual, puesto que damos generosamente a los
demás, atraemos resultados positivos hacia nosotros.

Señora Ganesha, ayúdanos a permanecer estimulados,
al enfrentar los retos del día a día. Ayúdanos a quitar,
con gracia y de forma segura los obstáculos
del camino hacia nuestras metas individuales.

Les pedimos que ayuden a todos los que estamos aquí
reunidos a que seamos exitosos, que permanezcamos fuertes
y a que viajemos juntos por nuestro camino mágico.
Que las enseñanzas y las prácticas de nuestro aquelarre
lleven iluminación, gozo, prosperidad y sabiduría a nosotros
y a nuestros seres queridos, de la mejor manera posible.

Ahora aumenten la energía como suele hacerlo el grupo. Quizá decidan bailar en espiral, canturrear o tomarse de las manos de nuevo para que la energía crezca cada vez más. Cuando la energía esté en lo más alto, libérenla elevando las manos al cielo. Todos los miembros deben decir juntos:

Nuestra petición fue hecha con sinceridad,
y ahora este verso cerramos.
No hay forma de que esta magia salga mal,
o que maldiciones tengamos.

Agáchense y conecten con la tierra y céntrense. Un poquito después, compartan la comida y la bebida según suelan hacerlo en el grupo. Cuando estén platicando y relajándose, que las conversaciones sean alegres y positivas; no hablen de preocupaciones, quereres o carencias en este ritual. Cuando terminen la comida y la bebida, pónganse de pie y despidan a los cuatro puntos; ahora comiencen por el norte y hacia la izquierda, en contra del sentido de las manecillas del reloj:

(NORTE) *Amorosa Ganesha, te agradecemos tu ayuda, apoyo y tu fortaleza amorosa. Bendita seas.*

(OESTE) *Lakshmi, te agradecemos tu alegre presencia en nuestra vida y tu generosidad esta noche. Bendita seas.*

(SUR) *Juno Moneta, te agradecemos tu pasión, gracia y las bendiciones de las monedas en nuestros bolsillos. Bendita seas.*

(Este) *Fortuna, te agradecemos la buena fortuna que traes a nuestras vidas durante todo el año. Bendita seas.*

Abran el círculo diciendo todos al mismo tiempo:

Ganesha, Lakshmi, Juno Moneta y Fortuna,
¡Les agradecemos a todas! ¡Las aclamamos y nos despedimos!
El círculo está abierto, mas no roto.
Saludamos con alegría, nos despedimos con alegría, ¡y con alegría
volveremos a encontrarnos!

El ritual ha terminado. Repartan las flores y las hierbas entre los asistentes y que se las lleven a sus casas para que se sequen. (Estos productos botánicos son excelentes para usarlos en talismanes y conjuros de prosperidad). Antes de irse limpien el resto del altar. Dejen que las velas del caldero se consuman en un lugar seguro hasta que se apaguen solitas.

Bendito sea tu círculo o aquelarre.

Pensamientos para cerrar

Cuando deseas que alguien tenga gozo, le deseas paz,
amor, prosperidad, felicidad... todas las cosas buenas.

Maya Angelou

Tardé más en escribir este libro de magia práctica que cualquier otro. Pero, mirando en retrospectiva, todo salió como debía. Lo que empezó como una búsqueda personal y como una forma de entender en qué me había equivocado cuando hice mi propio conjuro de prosperidad, germinó hasta convertirse en un libro lleno de prácticas más avanzadas y magia más profunda de lo que planeé en un principio.

Este libro me llevó a un viaje mágico. Puso a prueba lo que yo creía saber y me enseñó muchas cosas maravillosas. Mi vida cambió durante la creación de este libro, y fue fascinante el camino espiritual que recorrí conforme el libro iba tomando forma.

Espero que hayas disfrutado el tiempo que pasamos juntos. Deseo sinceramente que el gozo, la felicidad, la prosperidad y la paz se manifiesten en tu vida. Si estás dispuesto a trabajar hacia tus metas en el plano mundano y mágico, estoy segura de que serás bendecido con mucha abundancia, éxito y prosperidad.

Puedes hacerlo. ¡Creo en ti! Bendito seas.

Apéndice 1

Guía de necesidades específicas para un conjuro

Éxito es centrar todo el poder de lo que eres;
es tener un ardiente deseo de lograr.

WILFERD PETERSON

LOS CONJUROS DE este libro permiten que los personalices según creas conveniente. También asegúrate de revisar el índice o el contenido del libro para encontrar algo que busques específicamente. Primero está la necesidad mágica, después el conjuro y el capítulo en el que se encuentra.

Mantenerte optimista en tiempos difíciles: un encanto floral para reforzar la actitud positiva (capítulo 2)

Eliminar formas de pensamiento negativas: magia con campanas de viento (capítulo 2)

Éxito en nuevas empresas: conjuro con vela verde en vaso y conjuro con veladora azul eléctrico (capítulo 3)

Riqueza y satisfacción espiritual: un conjuro para prosperidad con Lakshmi (capítulo 4)

Generosidad espiritual/generosidad con los demás: Invoca a Yemayá para tener éxito (capítulo 4)

Realización de deseos/sueños: conjuro con el Nueve de Copas del tarot (capítulo 4) y conjuro con hoja de laurel (pág. 160)

Atraer buena suerte: conjuro con cornucopia (capítulo 5)

Atraer dinero: conjuro con cornucopia (capítulo 5)

Buena suerte: un conjuro del tarot con fortuna (capítulo 5)

Atraer salud/riqueza y dinero: conjuro del frasco de bruja con imanes (capítulo 5)

Atraer buena suerte: conjuro del gato de la suerte con velas (capítulo 6)

Atraer nuevos clientes: dale poder a tu gato (capítulo 6)

Aumentar las ventas: dale poder a tu gato (capítulo 6)

Eliminar obstáculos: conjuro con Ganesha (capítulo 7) y conjuro con la Carta de la Torre (capítulo 7)

Eliminar obstáculos para encontrar trabajo: conjuro con Ganesha (capítulo 7)

Eliminar obstáculos espirituales: conjuro con la carta de la torre (capítulo 7)

Ayuda para solicitudes a escuelas o becas: conjuro con Ganesha (capítulo 7)

Magia general para comerciantes: conjuro con Ganesha (capítulo 7)

Obtener dinero rápidamente: conjuro con lunaria (pág. 163)

Convertir mala suerte en buena suerte: conjuro con turmalina (pág. 171)

Dar riqueza y gozo a alguien: conjuro con turquesa (pág. 173)

Éxito personal: ritual al amanecer (capítulo 9)

Apéndice II

Correspondencias de hierbas, cuarzos y metales para la prosperidad

La riqueza no es cuestión de inteligencia,
es cuestión de inspiración.

JIM ROHN

Correspondencias de hierbas:

Canela: Sol

Cedro: Sol

Clavo: Júpiter

Endivia: Sol

Frijoles: Mercurio

Girasol: Sol

Heliotropo: Sol

Higo: Júpiter

Jazmín: Luna

Loto: Luna

Madreselva: Júpiter

Maíz: Venus

Maple: Júpiter

Menta: Plutón

Naranja: Sol

Pimienta de Jamaica: Marte

Pino: Marte

Potentilla: Júpiter

Roble: Júpiter

Tulipán: Venus

Uvas: Luna

Correspondencias de cuarzos

Ágata **Dendrita:** Mercurio/tierra. Este cuarzo de plenitud trae abundancia en todas las áreas, incluyendo negocios, jardinería y agricultura.

Ágata **Musgosa:** Mercurio/tierra. Atrae abundancia y es el cuarzo de los jardineros.

Citrino: Sol/fuego. Es una piedra de riqueza y abundancia, colócala en la esquina izquierda de tu casa, lo más lejos que puedas de la puerta de entrada, para atraer riqueza. Llevado consigo es limpiador y da energía, aumenta la motivación y te vuelve más creativo, lo cual a su vez, se convierte en prosperidad.

Crisoprasa: Venus/tierra. Promueve la alegría y reduce la envidia, la avaricia y la tensión en el ambiente de trabajo. Este hermoso cuarzo ayuda a que los clientes y los empleados sean fieles.

Diamante: Sol/fuego. Símbolo de riqueza, el diamante amplifica la energía. Es la piedra de la manifestación y atrae abundancia.

Esmeralda: Venus/tierra. Se usa en conjuros para promover las ventas en un negocio y para publicidad.

Heliotropo: Marte/fuego. Tener un heliotropo en el cajón de la máquina registradora atrae dinero. Si lo llevas en tu bolsillo o cartera, atrae dinero.

Jade: Venus/agua. Usar una joya de jade ayuda a atraer dinero a tu vida. El jade es bueno para la jardinería.

Malaquita: Venus/tierra. Si pones malaquita en las esquinas de un negocio o pones una pieza pequeña en la caja registradora, atrae clientes. También ayuda a promover un jardín sano.

Ojo de tigre: Sol/fuego. Se usa para promover prosperidad y dinero. Es una piedra que aumenta la energía y tiene cualidades de protección.

Topacio, amarillo: Sol/fuego. Energía vital que brinda gozo y abundancia.

Turmalina, verde: Venus/tierra. Se usa para atraer dinero, pues es una piedra receptiva, excelente para la jardinería, y también aumenta tu creatividad.

Turquesa: Venus, Neptuno/tierra. Esta piedra ayuda a que el éxito y la prosperidad se manifiesten en tu vida.

Venturina: Mercurio/aire. Cuarzo de la buena suerte usado en conjuros de prosperidad. Es una piedra muy positiva para el éxito, promueve la sensación de bienestar.

Zafiro, amarillo: Luna/agua. Atrae riqueza al hogar y al negocio. Se coloca en las cajas registradoras para aumentar las ventas. Si se usa, debe estar en contacto con el cuerpo. Es sagrada para Ganesha.

Correspondencias de metales

Cobre: Venus/agua. El cobre conduce la electricidad y es un metal de la suerte usado para atraer dinero, como las monedas de la suerte. Últimamente, el cobre se ha vuelto muy popular en joyería, búscalo en combinación con cuarzos que produzcan prosperidad.

Imán: Venus/agua. Fortalece los conjuros de prosperidad pues el imán es pura atracción. Para atraer dinero o éxito en los negocios, rodea un imán con velas verdes.

Oro: Sol/fuego. El oro es símbolo de riqueza y éxito. Usar joyería de oro aumenta tu poder personal. Las monedas de oro funcionan muy bien en la magia para dinero.

Plata: Luna/agua. Las monedas de plata funcionan muy bien en los conjuros de abundancia y prosperidad. Busca los *Mercury dimes* —busca ofertas en las casas numismáticas o en Internet.

Glosario

Las palabras son, en mi no tan humilde opinión,
nuestra fuente más inagotable de magia.

J. K. ROWLING

Amuleto: tipo de encantamiento con hierbas, adorno o joya que ayuda y protege a su portador. Los amuletos son pasivos, es decir, no protegen hacia fuera. Reaccionan a lo que esté pasando en el mundo del portador. Ver capítulo 6.

Aquelarre: grupo de brujas o *wiccanos* que practican y adoran juntos la magia; tienen reglas establecidas, sistemas de grados, entrenamiento y prácticas rituales.

Arte: el nombre de las brujas para la antigua religión y la práctica de la brujería.

Bolsita de conjuro: es similar a un *sachet*, una bolsita de conjuro es un pedazo de tela pequeño que contiene hierbas, cuarzos cargados u otro tipo de elementos mágicos.

Bruja: practicante de la magia. Una bruja no necesariamente es wiccana. Dicho lo anterior, la mayoría de las brujas practica su magia desde un punto neutral. Las brujas saben y aceptan que son completamente responsables de todas sus acciones a nivel mundano y mágico.

Cargar: llenar o bañar un objeto con energía mágica, como dar poder a las velas del conjuro. Ver capítulo 3.

Charm: (1) Un objeto de poder mágico como un amuleto o talismán. (2) Un objeto pequeño, o dije, que se usa colgado en una cadena o pulsera. Ver capítulo 6.

Círculo: grupo informal de brujas o *wiccanos* que estudian y practican juntos la magia.

Conjuro: serie de palabras en rima que anuncian verbalmente la intención del que lo hace. Esas palabras pronunciadas son combinadas con acciones específicas, como encender una vela, crear un amuleto o reunir hierbas; después son trabajadas en armonía con los ciclos de la naturaleza y mezcladas con la energía personal de quien lo hace. Le da a la acción mágica el poder de crear un cambio positivo.

Correspondencias: sistema de clasificación mágica de interrelaciones con el que se ordenan todas las cosas.

Desvanecer, disipar: acción mágica que elimina la negatividad o la magia perjudicial de tu vida.

Elementos: los cuatro elementos de la naturaleza, aire, fuego, agua y tierra.

Encantamiento: un acto de la magia. Se usa de manera indistinta con la palabra *conjuro*.

Energía Mágica Personal (EMP): representa la cantidad de pensamiento, esfuerzo, estilo y poder que imprimas al momento de hacer el conjuro para la prosperidad. Cuando sumas todos esos factores obtienes el número de EMP. Ver capítulo 7.

Formas de pensamiento: las formas de pensamiento son creadas por fuertes pensamientos positivos o intensos pensamientos negativos que cobran vida y existen en el plano astral.

Herbalismo: también conocido como magia con hierbas. Es el uso de hierbas en conjunción con la magia para provocar un cambio y transformación positivos.

Hierba: planta que se usa como medicina, y para dar sabor o aroma a la comida. Para tales propósitos se puede usar cualquier parte de la planta —raíces, tallos, corteza, hojas, semillas o flores—. Una hierba puede ser un árbol, un arbusto, una planta perenne, una flor, una planta anual o un helecho.

Ley de atracción: la ley por la cual el pensamiento conecta con su objeto —en este caso, su objetivo—. Nos enseña que los pensamientos son energía. Tus pensamientos se manifiestan como vibraciones y esa energía vibratoria se expande al universo y se vuelve real. ¡El pensamiento crea! Ver capítulo 1.

Magia: la combinación de tu propio poder personal usado en armonía con objetos naturales como hierbas, cuarzos y los elementos. Una vez que están combinados y tu meta está clara, por el acto de recitar el verso del conjuro y encender una vela o hacer un amuleto con hierbas, la acción de la magia crea un cambio positivo.

Magia natural: estilo de magia que trabaja en armonía con los distintos poderes del mundo natural y los cuatro elementos que son tierra, aire, fuego y agua.

Principios herméticos: los siete principios herméticos son una serie de creencias filosóficas que se basan en los antiguos escritos de Hermes Trismegisto. Los principios herméticos son como escalones —se apoyan el uno al otro— y el primer principio es la base, y cada principio da apoyo al siguiente. Ver capítulo 1.

Runa: símbolo o carácter de cualquiera de los alfabetos rúnicos. Las runas son figuras de un antiguo alfabeto que se utiliza como sistema adivinatorio; los símbolos suelen ser usados al hacer conjuros.

Talismán: objeto creado con cualquier tipo de material con una meta específica en mente, como aumentar el poder u otorgar protección extra. Ver capítulo 6.

Taumaturgia: el uso de los poderes mágicos para influir o predecir eventos. Es un tipo de magia terrenal y sencilla. Se basa en el uso de elementos naturales. Las prácticas como magia con hierbas, magia con cuarzos, magia con velas y magia simpática pueden ser llamadas magia práctica.

Teúrgia: rituales diseñados para alinearse con lo Divino o con los reinos angélicos. La teúrgia, también conocida como alta magia, es un tipo de magia práctica cuyo énfasis está en objetivos más espirituales y en comunicación directa con lo Divino. La alta magia incorpora matemáticas, astrología, alquimia y la cábala.

Wicca: religión neopagana. Sus seguidores creen en no causar daño alguno con su magia. Los wiccanos siguen y celebran las estaciones y los ciclos del año, y consideran que lo Divino es masculino y femenino.

Bibliografía

Los libros nos dejan entrar a su alma y nos
desvelan los secretos de la nuestra.

WILLIAM HAZLITT

Adams, Anton y Adams, Mina, *The Learned Art of Witches & Wizards*, Barns & Noble Books, Nueva York, 2000.

Ahlquist, Diane, *The Complete Idiot's Guide to the Law of Attraction*, Penguin, Nueva York, 2008.

Ban Breathnach, Sarah, *Simple Abundance: A Daybook of Comfort and Joy*, Warner Books, Nueva York, 1995.

___. *Peace and Plenty: Finding Your Path to Financial Serenity*, Grand Central Publishing, Nueva York, 2010.

Bonewits, Isaac, Real Magic, Red Wheel/ Weiser, Boston, MA., 1989.

Bowes, Susan, *Notions and Potions*, Sterling, Nueva York, 1997.

Bren, Marion Luna, *The 7 Greatest Truths about Successful Women*, G.P. Putnam's Sons, Nueva York, 2001.

Byrne, Rhonda, *The Secret*, Atria Books, Nueva York, 2006.

Cabot, Laurie y Cowan, Tom, *Power of the Witch*, Dell Publishing, Nueva York, 1989.

Chopra, Deepak, *The 7 Spiritual Laws of Success*, Amber-Allen Publishing, San Rafael, CA., 1994.

Chu, Ernest D., *Soul Currency: Investing Your Inner Wealth for Fulfillment & Abundance*, New World Library, Novato, CA., 2008.

Cole-Whittaker, Terry, *Live Your Bliss*, New World Library, Novato, CA., 2009.

Cunningham, Scott, *Cunningham's Encyclopedia of Magical Herbs*, Llewellyn, St. Paul, MN., 1996.

Demarco, Stacey, *Witch in the Boardroom*, Llewellyn, Woodbury, MN., 2005.

Dugan, Ellen, *Book of Witchery*, Llewellyn, Woodbury, MN., 2009.

___. *Charmed Jewelry, Witches Datebook*, Llewellyn, Woodbury MN,. 2013.

___. *Cottage Witchery*, Llewellyn, St. Paul, MN., 2005.

___. *Garden Witch's Herbal.* Llewellyn, Woodbury, MN., 2009.

___. *Herb Magic for Beginners*, Llewellyn, Woodbury, MN., 2006.

___. *How to Enchant a Man*, Llewellyn, Woodbury, MN., 2008.

___. *Lakshmi, Magical Almanac*, Llewellyn, Woodbury, MN., 2013.

___. *September, 2013 Witches Calendar*, Llewellyn, Woodbury, MN., 2012.

___. *Practical Protection Magick*, Llewellyn, Woodbury, MN., 2011.

___. *The Enchanted Cat*, Llewellyn, Woodbury, MN., 2006.

___. *Witches Tarot Companion*, Llewellyn, Woodbury MN., 2012.

Farrar, Janet, and Farrar, Stewart, *Spells & How They Work*, Phoenix Publishing, Custer, WA., 1990.

Gallagher, Anne-Marie, *The Spells Bible*, Walking Stick Press, Cincinnati, 2003.

Grant, Ember, *The Three R's of Chant Writing*, Magical Almanac, Llewellyn, Woodbury, MN., 2011.

___. *Magical Candle Crafting*, Llewellyn, Woodbury, MN., 2011.

Hall, Judy, *The Crystal Bible*, Walking Stick Press, Cincinnati, 2003.

Illes, Judika, *The Element Encyclopedia of 5000 Spells*, Harper Element, Londres, 2004.

___. *The Element Encyclopedia of Witchcraft*, Harper Element, Londres, 2005.

Katz, Debra Lynne, *Freeing Genie Within*, Llewellyn, Woodbury, MN., 2009.

Killion, Cynthia. *A Little Book of Prosperity Magic*, Crossing Press, Freedom, CA., 2001.

Roger L. Cole, The Kybalion, YOG eBooks, Hollister, MO., 2010.

Losier, Michael, J., *Law of Attraction*, Wellness Central, Victoria, BC., 2010.

Marquis, Melanie, *The Witch's Bag of Tricks*, Llewellyn, Woodbury, MN., 2011.

Pattanaik, Devdutt, *Lakshmi: Goddess of Wealth and Fortune: An Intro-duction*, Vakils, Feffer and Simons Private Ltd., Bombay, India, 2002.

Penczak, Christopher, *The Inner Temple of Witchcraft*, Lewellyn, St. Paul, MN., 2003.

___. *The Outer Temple of Witchcraft*, Llewellyn, St. Paul, MN., 2004.

___. *The Temple of High Witchcraft*, Llewellyn, Woodbury, MN., 2007.

___. *The Witch's Coin*, Llewellyn, Woodbury, MN., 2009.

Pollack, Rachel, *Tarot Wisdom*. Llewellyn, Woodbury, MN., 2008.

Ravenwolf, Silver. *Silver's Spells for Prosperity*, Llewellyn, St. Paul, MN., 1999.

Roman, Sanaya y Packer, Duane, *Creating Money: Attracting Abun-dance*, New World Library, Tiburon, CA., 2008.

Telesco, Patricia, *Money Magick*, New Page, Franklin Lakes, NJ., 2001.

Trobe, Kala, *Invoke the Goddess*, Llewellyn, St. Paul, MN., 2000.

___. *The Witch's Guide to Life*, Llewellyn, St. Paul, MN., 2003.

Weatherford, Jack. *The History of Money*, Crown Publishers, Nueva York, 1997.

Webster, Richard, *Amulets and Talismans for Beginners*, Llewellyn, St. Paul, MN., 2004.

Whitehurst, Tess, *Magical Housekeeping*, Llewellyn, Woodbury, MN., 2010.

___. *The Art of Bliss*, Llewellyn, Woodbury, MN, 2012.

Índice

TÍTULOS DE ESTA COLECCIÓN

Impreso en los talleres de
Trabajos Manuales Escolares,
Oriente 142 No. 216
Col. Moctezuma 2a. Secc.
Tels. 5 784.18.11 y 5 784.11.44
México, D.F.